Emil Zschokke

Geschichte der Entstehung des Kantons Aargau

Anatiposi

Emil Zschokke

Geschichte der Entstehung des Kantons Aargau

Unveränderter Nachdruck der Originalausgabe von 1853.

1. Auflage 2023 | ISBN: 978-3-38205-822-7

Anatiposi Verlag ist ein Imprint der Outlook Verlagsgesellschaft mbH.

Verlag: Outlook Verlag GmbH, Zeilweg 44, 60439 Frankfurt, Deutschland
Vertretungsberechtigt: E. Roepke, Zeilweg 44, 60439 Frankfurt, Deutschland
Druck: Books on Demand GmbH, In de Tarpen 42, 22848 Norderstedt, Deutschland

Geschichte

der

Entstehung des Kantons Aargau,

auf

die fünfzigjährige Gedenkfeier

im Herbstmonat 1853

fürs Volk erzählt

von

Emil Zschokke.

Aarau, 1853.
Druck und Verlag von H. R. Sauerländer.

Im Jahre 1851 beging Zürich die fünfhundertjährige Ge=
dächtnißfeier seines Eintritts in den Schweizerbund; im Jahr
1853 die Republik Bern. Diese beiden Kantone konnten
dabei auf eine so ruhmreiche Vergangenheit zurückblicken, wie
es wohl bei wenigen Staaten Europa's von gleichem Umfange,
selbst bei manchen größern Fürstenreichen nicht in gleichem
Maße der Fall ist. Beide verdanken, was sie geworden, keiner
Gunst mächtiger Könige, sondern allein der Tugend und dem
Gemeinsinn ihrer Bürger; beide strahlten von jeher im Bunde
der Eidgenossen allen übrigen voran und fanden auch beim
Auslande von jeher die ehrenvollste Anerkennung. Denn wäh=
rend sich Bern durch kriegerische Waffenthaten zu seiner Größe
Bahn brach und dieselbe durch weise Verwaltung des Staates
Jahrhunderte hindurch bewahrte, hob sich Zürich durch Pflege
der Wissenschaft und Kunst zum Range der ersten Städte des
Festlandes. Nicht mit Unrecht verglich man daher Zürich mit
Athen, Bern mit Sparta des alten Griechenlandes.

Neben diesen beiden Heroen der Schweizergeschichte treten
freilich mehrere der neuern Kantone, darunter die Zwillings=
brüder Aargau und Waat, mit ungleich geringern Ansprüchen
auf Ruhm und Geltung im Jahre 1853 zu einer Gedächtniß=
feier ihres Eintritts als Kantone in den Schweizerbund auf.
Denn während jene schon während eines halben Jahrtausends
als selbstständige Staaten in großen Rollen handelten, waren
diese indessen ruhmlose Unterthanenländer geblieben; und wäh=

rend sich jene von Anfang an durch eigene Kraft zur Freiheit
losrissen, war es bei Aargau und Waat fremder Einfluß, der
die Bande der Unterthänigkeit löste, war es das Machtwort
Napoleons gewesen, das uns vor fünfzig Jahren zu selbst=
ständigen Staaten und zu Gliedern des eidgenössischen Bundes
schuf. Wir haben darum keine eigene Geschichte in der Vorzeit
aufzuweisen, keine Freiheitsschlachten, keine glorreichen Bünd=
nisse, keine Erinnerungen an große Männer. Wir sind Kinder
der Neuzeit, spätgeborne Söhne derselben Mutter, des Vater=
landes, und beginnen kaum erst unsere Geschichte zu leben.

Glücklicher Weise gilt jedoch in diesen Zeiten weniger mehr
der Adel des Stammbaums und der Ahnen, als vielmehr der
Adel der Gesinnung und eines tüchtigen Wirkens für Recht und
Wahrheit. In Einer Beziehung wenigstens fühlen wir uns eben=
bürtig mit jenen ältern Brüdern, darin, daß wir die nämliche
Treue zum gemeinsamen Vaterlande in der Brust tragen; und
schon öfter in der kurzen Zeit seines Bestehens hat es der
Aargau gezeigt, daß er nicht der Letzte war, wo es galt, diese
Treue durch Thaten zu erweisen. Wir freuen uns, ein gleich=
berechtigtes Glied der schweizerischen Bundesfamilie zu sein,
nicht bloß wegen dieser uns gewordenen höhern Berechtigung,
sondern weil wir in uns mächtige Kraft und Lust fühlen, auch
die uns von der Hand der heiligen Vorsehung auferlegte Lebens=
aufgabe zu erfüllen. Diese Freude ist es, welche uns treibt,
ebenfalls in diesem Jahre das Begründungsfest unsers Kantons,
freilich nur in sehr bescheidener Weise, zu begehen. Feiert der
einzelne Mensch gerne im häuslichen Kreise die Erinnerung an
den Tag seiner Geburt, weil ihm dann die Geister der Ver=
gangenheit und Zukunft näher treten und er in Selbstprüfung

zur klarern Erkenntniß seiner selbst gelangt und aus dieser Er=
kenntniß frischer Muth zum guten Wirken in reichern Strömen
quillen kann; warum sollte das nicht auch ein Staat thun?
Warum der Aargau nicht, der unter den schwierigsten Verhält=
nissen seine Laufbahn begann; der durch seine Zusammensetzung
aus verschiedenartigen Bestandtheilen ein großes Hemmniß für
gedeihliche Entwicklung von Anfang an in sich trug und der
dennoch mit jugendlicher Kraft diese Schwierigkeit überwand?
Warum der Aargau nicht, der durch die Größe und Lage seines
Gebietes, durch den regen Sinn seiner Bevölkerung für Ge=
werbsthätigkeit, durch alle ihm inwohnenden geistigen wie mate=
riellen Kräfte berufen ist, fortan wie bisher eine hervorragende
Stellung im eidgenössischen Bundesleben zu behaupten?

Doch, soll dieser Erinnerungstag seine rechte Bedeutung er=
halten, muß auch alles Volk „vom Bowald bis zu den Lägern=
höhn" seiner frühern Zustände und der großen Ereignisse bewußt
werden, welche uns vor fünfzig Jahren aus den Trümmern
einer stürmisch untergegangenen Vorzeit retteten und zu einer
neuen Republik verbanden. Noch erst wenige Geschichtskundige
und diese nur in einer für die Gegenwart ungenügenden Weise,
haben die Entstehung des Aargau's für das Volk zu schildern
versucht. Da nun die ältern Männer, welche selbst noch jene
Ereignisse miterlebten, Einer nach dem Andern zu Grabe gehen, so
ist es gekommen, daß die Kenntniß davon manchen Späteren fast
entschwunden ist. Das jüngere Geschlecht namentlich weiß meist
nur von dunkelm Hörensagen davon. Es scheint daher der
Mühe wohl werth, mit der Fackel der Geschichte wieder jene
Vergangenheit zur Belehrung der Jetzlebenden zu beleuchten.
Diesen Dienst sollen nachfolgende Blätter leisten; sie sind nicht

geschrieben mit dem Anspruche auf hohe Gelehrsamkeit und Tiefe der Forschung; sie sollen nur, was in schon vorhandenen, zerstreuten Geschichtswerken und in einzelnen Urkunden aufgezeichnet ist, sammeln und es schlicht und verständlich wiedererzählen. Die nächste Veranlassung dazu gibt freilich die fünfzigjährige Gedenkfeier; allein ich hoffe, daß dieses Büchlein auch darüber hinaus für die aargauische Jugend Werth behalten werde. Möge daraus Mancher mit der Kenntniß von den Schicksalen seiner Vorfahren auch den Antrieb zu immer innigerer Liebe für Land und Volk seiner Heimath empfangen!

Frühere Schicksale des Landes.

Der Aargau war vor uralten Zeiten eine Wildniß; heidnische Stämme der Celten und Germanen hausten darin. Die Spuren ihres Daseins sind jetzt fast gänzlich erloschen; nur selten wird noch einer ihrer Grabhügel aufgedeckt, worin sich Waffen und Opfergeräthe seltsamer Art finden.

Etwa fünfzig Jahre vor unseres Herrn Jesu Geburt drang dann das Kriegsvolk der Römer ein und unterjochte die Urbewohner. Durch die Macht ihrer Waffen hatten sie ein unermeßliches Reich gegründet; es erstreckte sich in weiter Runde über alle Länder um das Mittelmeer von Hispanien hinweg bis tief nach Asien und Afrika. Auch Helvetia gehörte nun dazu und empfing aus den Händen seiner Eroberer das Geschenk milderer Gesittung. Die Wälder wurden gelichtet, der Boden urbar gemacht, Städte erbaut, groß und prächtig; so am Zusammenfluß der drei Ströme Vindonissa, am Rhein die Augusta Rauracorum. Auch sonst noch hie und da lagern Ueberbleibsel der einstigen Herrlichkeit unter der Decke des Erdbodens.

Vierhundert Jahre hatte die Römerherrschaft gedauert, da schlug ihr wieder die Stunde des Unterganges. Die Zeit der Völkerwanderungen kam. Wilde Horden von Mitternacht und Morgen her durchstreiften Europa. Zu uns brangen die Allemanen und erfüllten alles Land vom Bodensee bis zur Aare, längs deren Ufern sie ihre Wohnsitze aufschlugen. Von ihnen mag der größere Theil des aargauischen Volkes abstammen. Ihre Sprache ist noch die heutige. Am linken Aarufer aber und im Jura gegen Abend hin wurden die Burgunder ihre Nachbarn. Ueber den Kriegen und Verwüstungen dieser eingewanderten Völker ging was Römisch war, größtentheils unter; eine neue Barbarei brach herein.

Doch währte der Allemanen Reich nicht lange. Abermals

hundert Jahre später wurden sie von dem gewaltigen Könige
der Franken besiegt und leibeigen gemacht. Die Franken bil=
deten von nun an die Herrscher des Landes; das Gebiet wurde
unter sie vertheilt; als Herzoge und Grafen waren sie die Richter
im Frieden, die Heerführer im Kriege. Sie bauten ihre Burgen
auf Berganhöhen zu Schutz und Trutz in jenen wilden Zeiten.
Nur allmälig milderte das Christenthum, von frommen Glau=
bensboten verkündet, die Rauhheit der Sitten. Nun wurden
Städte gebaut und Klöster und Stifte gegründet. Eine neue
Cultur begann langsam über den Trümmern der Vorzeit auf=
zukeimen.

In den Jahrhunderten des Mittelalters war der Aargau
oder — wie er in alten Urkunden genannt wird — „das Er=
geuw" eine vielgepriesene Landschaft im deutschen Reiche. Sie
erstreckte sich vom bernerischen Uechtlande bis weit in die Ge=
biete der heutigen Kantone Luzern und Zürich. Ein zahlreicher
Adel hauste hier auf seinen Schlössern und auch die Städte
errangen sich nach und nach schätzbare Freiheiten und Rechte.
Unter den edlen Geschlechtern werden besonders die Grafen von
Rore und Lenzburg genannt. Doch als diese im Laufe der
Zeit erloschen, erhoben sich zu weit größerer Macht und höherem
Ruhme denn alle die Habsburger. Diese Familie war an=
fänglich arm an Land und Gut gewesen; ihr Stammschloß
Altenburg lag an der Aare unweit Brugg; ihr Gebiet hieß „im
Eigen". Im eilften Jahrhundert dehnten sie ihre Herrschaft mit
gewaltthätiger Willkür über das Wagenthal oder die soge=
nannten freien Aemter aus. Dieses Unrecht zu sühnen stiftete
Jbba von Lotharingen, des Radbot von Altenburg Gemahlin,
ums Jahr 1025 das Kloster Muri; Radbot selbst aber erbaute
auf dem Wülpelsberg die Habsburg. Immer weiter breiteten
seine Nachfolger die Grenzen ihrer Herrschaft aus. Sie er=
warben das Mannslehen der Grafschaft Rore, das sonst von
Lenzburg verwaltet worden war; ebenso fiel ihnen die Grafschaft
Baden zu, die noch im zwölften Jahrhundert den Grafen von
Lenzburg gehört hatte. Auch die Städte Aarau, Brugg, Zo=
fingen, Lenzburg, Sursee, Mellingen folgten ihren Bannern.

Bald stieg das aufblühende Haus zu der höchsten Stufe

europäischer Macht. Rudolf von Habsburg wurde deutscher Kaiser. (Im Jahre 1273.) Es wurde von ihm gesagt, daß er gerecht und weise und von Gott und den Menschen geliebt sei.

Seine Thaten in Krieg und Friede zu erzählen gehört nicht hierher; nur muß erwähnt werden, daß er den trotzigen Böhmenkönig Ottokar besiegte und ihm Oesterreich abgewann. Dieses Land übergab er darauf mit Einwilligung aller Kurfürsten seinen Söhnen als Erblehen. So ist es gekommen, daß die anfangs unbedeutenden Grafen von Habsburg nun Herzoge von Oesterreich wurden. Aber so manches Land auch ihr Scepter nachmals beherrschen mochte, so blieben sie doch immer mit Vorliebe ihrem Stammgute im Aargau zugethan. Es zu erweitern war fort und fort ihr Streben. So fiel ihnen auch Rheinfelden und Laufenburg mit dem Frickgau zu und manche Gegend selbst jenseits des Rheins im Breisgau und im Elsaß.

Die österreichische Herrschaft über den Aargau dauerte bis zum verhängnißreichen Jahre 1415. Damals war die große Kirchenversammlung in Constanz beieinander, bestimmt, nach vieljährigen Spaltungen in der Kirche eine Reformation in Haupt und Gliedern vorzunehmen. Es bestanden drei Päpste zu gleicher Zeit, die sich gegenseitig mit Bannflüchen verdammten. Einer derselben, Johann XXIII., kam selbst nach Constanz, wurde aber von der Kirchenversammlung seines Amtes entsetzt und floh. Ihn unterstützte einzig noch Herzog Friedrich von Oesterreich, nachwärts zubenannt „mit der leeren Tasche". Gegen diesen richtete sich nun der heftigste Zorn der Versammlung. Sie bannte ihn und der Kaiser Sigismund ächtete ihn. Ja der Kaiser ging so weit, daß er die Schweizer der alten Orte aufmahnte, sich seines Besitzthums im Aargau zu des Reiches Handen zu bemächtigen, indem er feierlich alle mit Friedrich geschlossenen Bündnisse und Friedensverträge aufhob. Die versammelten Väter der Kirche verhießen Ablaß der Sünde.

Obwohl nun die Schweizer erst im Jahre 1412 mit Oesterreich einen fünfzigjährigen Frieden geschlossen hatten, gelüstete sie dennoch, die günstige Gelegenheit zur Erweiterung ihrer Gebiete zu benutzen. Sie rüsteten zum Einbruch in die herzoglichen Lande. Als dies die aargauischen Edeln und Städte vernahmen und ihre uralte Verfassung bedroht sahen, traten sie auf einem Landtag in Surfee zusammen. Hier drangen be= sonders die Städte darauf, einen ewigen Bund unter sich zu beschwören und als eigene Republik mit gleichen Rechten und Freiheiten der schweizerischen Eidgenossenschaft beizutreten. Dies war der erste Gedanke an eine eigene aargauische Selbstständig= keit; noch ein Traum, aber voll Vorbedeutung! Die Adelichen jedoch verwarfen denselben, weil ihnen die eidgenössische Gleichheit der Rechte nicht gefiel. Ueber dem langen Hadern wurde es endlich zu spät für jede Rettung. Denn als die Städte noch ihre Rathsherren aussenden wollten, um den Schirm der ganzen Eidgenossenschaft anzusprechen, sahen sie schon deren Banner mit Macht heranziehen.

Bern hatte sich am ersten aufgemacht. Es rückte vor Zofingen und bedrängte dasselbe mehrere Tage hart. Da aber die Luzerner von Mittag nahten und schon eines der Wykenschlösser in der Nähe genommen hatten, fürchteten die Berner, mit ihnen nach gemeinschaftlicher Eroberung auch die Herrschaft über das Städtchen theilen zu müssen, und beeilten sich zu unterhandeln. Die Bürger ergaben sich gegen das Ver= sprechen gelinder Herrschaft und Bewahrung alter Freiheiten. Dann, im Begleite gleich von 50 Zofingern, ging's nach Aar= burg, wo Zuzüger von Solothurn, Biel und Neuchatel zu ihnen stießen; kein Widerstand der Stadt und Feste hielt sie hier lange auf. Desto mehr drohten die benachbarten Bergfesten Wartburg sich zu widersetzen, weil ihr Besitzer, der Freiherr von Hallwyl, treu zu Oesterreich hielt. Doch fürchteten die Bauern, welche die Besatzung bildeten, Verbrennung ihrer Dörfer und übergaben die Burgen, von denen die Eine ganz zerstört wurde. Unangefochten kam der Heereszug nach Aarau. Als die großen Büchsen gegen die Mauern zu feuern begannen, hielt sich die Bürgerschaft zu schwach, die Uebermacht abzuwehren und schwor ebenfalls zu Bern, jedoch auch unter dem Vorbehalt alter Freiheiten. Hier trennte sich nun die Macht der Eroberer; ein Theil zog in die Thäler der Suhre, Wina und Aa hinauf, deren obere Theile bereits die Luzerner besetzt hielten. Hier wur= den die Burgen von Liebeck, Trostburg, das in Flammen aufging, Rueb und Hallwyl erobert. Der andere Zug ging gen Lenzburg, das sich ergab. In das feste Schloß auf dem Felshügel eilte noch Herr Conrad von Weinsberg, es zu sichern; allein als er seine Bewahrung als unmöglich erkannte, öffnete er die Thore. Mit Lenzburg, der Feste, fiel auch Bruneck in der Berner Hände. Ebenso ohne Schwertstreich der alte Stamm=sitz der Habsburge auf dem Wülpelsberge. Nur auf Wildeck fochten drei Hallwyle männlich für Oesterreich; hier kamen von den Bernern vier Mann um, der einzige Verlust auf dem ganzen Feldzuge. Zuletzt ergab sich auch noch Brugg an die Sieger, unter den nämlichen Bedingungen wie Aarau. — So waren in kurzer Zeit siebenzehn österreichische Städte und Burgen mit einer fruchtbaren und volkreichen Landschaft bis an den Zusammenfluß der Reuß mit der Aare von Bern erobert. Es behielt für sich die Landeshoheit und die Einkünfte und gab den Solothurnern für ihre Beihülfe zweitausend Gulden, den Bielern die Hälfte dieser Summe.

Gleichzeitig mit diesen Ereignissen war die Eroberung des mittäglichen Theiles des Landes durch die Luzerner geschehen. Nach dreitägiger Belagerung gewannen sie Sursee; dann er=stürmten sie die Wyken, vier Burgen auf einem Fels, durch Graben geschieden; eine blieb in ihrer Hand, die andern fielen an die Berner. Weiter ging es über Reichensee, Meienberg bis Villmergen.

Die sieben Orte der Eidgenossenschaft — außer Bern, das allein für sich handelte — hatten unterdessen ihre Waffen in die freien Aemter getragen. Ein Gewalthaufe der Stadt Zürich überstieg die Höhen des Albis und fiel in das freie Amt Kno=nau ein, und ließ sich diese schöne Landschaft (den heutigen zürcherischen Bezirk Affoltern) Treue schwören. Eine andere zürcherische Schaar bemächtigte sich des Limmatufers bis Die=tikon, um den Weg nach Mellingen zu öffnen. Vor dieser Stadt sammelten sich dann — an dem Tage da die Berner vor Aarau standen — die Mannschaften von Zürich, aus den Waldstätten und von Glarus. Vier Tage lang behauptete sich der Ort, vergeblich auf Hülfe harrend, da die besten Streit=kräfte Herzog Friedrichs in Brugg wider die Berner aufgestellt waren. Endlich ergab er sich den sieben Orten. Dann rückten diese der Reuß entlang bis Bremgarten. Doch es ergab sich die Stadt erst, als die Dörfer Wohlen und Sarmenstorf, überhaupt das ganze Wagenthal, der österreichischen Herrschaft, zu der es einst ungerecht gekommen, entsagt hatte. Für das altberühmte Gotteshaus Muri erlosch nun von selbst die habsburgische Kastenvogtei. Dann ward Baden belagert mit seinem starken Schlosse auf dem Stein; es war der vorzüglichste Sitz der österreichischen Herrschaft im Aargau, und die öftere Wohnung der Herzoge. Zwei Male so viele Zeit lagen die Eidgenossen davor, als die ganze übrige Eroberung des Aargau's erfordert hatte. Der herzogliche Vogt, Burkard von Mannsberg, wehrte sich tapfer. Da endlich riefen die sieben Orte noch Bern zu Hülfe, und_es erschien mit fünfzig Reisigen, tausend Mann zu Fuß und den Werkmeistern mit ihren Büchsen. Die Letztern schmettern beträchtliche Stücke der Mauer nieder; das Wasser wurde der Stadt abgeschnitten. Mannsberg, in der Hoffnung noch auf Ersatz, zog sich in die Festung zurück. Als aber auch dieser Posten nicht mehr haltbar war, kapitulirte er. Die Eidgenossen übergaben das so prächtige Schloß unerbittlich den Flammen zum Raub, nachdem sie alles Geräthe und das Archiv auf Wagen nach Luzern geführt hatten. Mit der Stadt und Feste fiel den Eidgenossen die ganze ehemalige Grafschaft Baden anheim.

An der diesem Feldzuge folgenden Tagsatzung behauptete Zürich sein Recht auf das Amt Knonau, Bern auf die von ihm längs der Aare gemachten Eroberungen, Luzern auf Sursee und das obere Wagenthal. Nur der Tagesbote von Uri widersetzte sich diesem Ansinnen. Der Krieg, so sprach er, sei für den Kaiser und das Reich geschehen, nicht um eigenen Erwerbes willen; mit dem Herzog von Oesterreich ständen die Eidgenossen noch immer im fünfzigjährigen Friedensbündnisse; höher als Alles hätten sie von den Vätern gelernt, unverfälschte Treue zu schätzen. Doch dieser edelmüthige Ausspruch fand keinen Anklang. Jeder behielt, was er hatte, und was gemeinschaftlich erworben war, die freien Aemter und die Grafschaft Baden, sollten gemeinschaftlich verwaltet werden.

Wir wollen nun die Geschichte der drei Landestheile, aus denen der heutige Aargau wieder besteht, bis zum Revolutions= jahre 1798 gesondert betrachten. Ihre Schicksale waren in dieser Zeit so verschieden wie ihre Herrschaften.

1. Der bernerische Aargau.

Von 1415 an bildete der ganze Landstrich von der Wigger, längs dem rechten Ufer der Aare, bis zur Mündung der Reuß in dieselbe, einen Bestandtheil der mächtigen Republik Bern. Gegen Mittag dehnte sich dies Gebiet über die untern Thal= gelände der Wigger, der Suhre und der Wyna, sowie der Aa, die den Hallwylersee bildet, aus. Bald erwarb Bern auch noch am linken Ufer der Aare Besitzungen. So nahm es dem Herrn Marquard von Baldegg, der, obwohl Bürger der Stadt, doch noch immer eifriger Parteigänger Oesterreichs blieb, und jener treulos wurde, im Jahre 1460 den Schenkenberg und die Herr= schaft Bözberg ab. So erkaufte es im Jahre 1635 vom Johanniterorden, dem es zugehörte, Städtchen und Schloß Biberstein sammt allen Rechten und Gerichten, dazu die Herr= schaft Königstein, um die Summe von 3380 Gulden. Die Schlösser Castelen, und Ruchenstein mit Gebiet, vorher das Be= sitzthum des Geschlechtes der Müllinen, fiel ums Jahr 1732 ebenfalls durch Kauf an Bern.

Die meisten altadelichen Geschlechter, die sonst dem habs= burgischen Banner folgten, versöhnten sich, jedoch nur allmälig, mit dem neuen Zustande der Dinge und verbürgerrechteten sich in der regierenden Stadt. Mehrere unter ihnen zeichneten sich nach= mals in den Kriegen Berns gegen äußere Feinde durch große Mannhaftigkeit aus, so Hans von Hallwyl in den Kämpfen gegen den burgundischen Herzog, Karl den Kühnen. Andere dagegen zogen vor, das Land zu verlassen, wie Thüring von Hallwyl, Habsburgs treuster Freund, welcher nach Wien ging; oder opferten lieber ihre Rechte auf, als daß sie sich Bern unter= worfen hätten, wie der Herr zu Rynach, dem die Feste Wil= nachern, die Leute zu Schinznach, Veltheim, Auenstein und anderer Orte gehörten. So rundete Bern sein Gebiet ab. Noch findet sich heutzutage die Grenze fast überall mit Marksteinen bezeichnet, die den Bären tragen.

Ein Jahrhundert schon nach der Eroberung führte die Landesregierung die Kirchenreformation ein, welche in der Schweiz seit 1519 Ulrich Zwingli zu Zürich gepredigt hatte. In Bern wirkten zu gleichen Zwecken Berthold Haller, der Leutpriester am Münster, und Sebastian Meyer, ein Franziskaner=Mönch. Große, langdauernde Gährung entstand darob. Erst im Jahre 1528, nachdem ein Religionsgespräch vieler geistlichen und weltlichen Herrn sich für die Kirchenverbesserung entschieden, erließ die Regierung ein Mandat zu ihrer Einführung. Allen Geistlichen war darin die Predigt auf Grund der heil. Schrift anbefohlen; Messe und Bilder wurden abgeschafft, die Klöster aufgehoben; alles Gut der Kirche wie die bischöfliche Gewalt ging an den Rath zu Bern über. Schon früher, im Jahre 1523, hatten die Frauen von Königsfelden den Austritt aus ihrem Kloster erlangt.

In Bezug auf die bürgerliche Stellung trat der Aargau in die nämlichen Verhältnisse ein wie das übrige Gebiet der Republik und wie später auch das im Jahre 1536 eroberte Waatland. „Meine gnädigen Herrn von Bern" übten unumschränkte Hoheitsrechte über ihr Land, und namentlich das Landvolk stand in nicht beneidenswerther Unterthänigkeit. Landvögte aus den regierenden Familien der Stadt beherrschten es. Die Landvogteien des Aargau's waren Aarburg, Lenzburg, das Hofmeisteramt Königsfelden, Schenkenberg, Casteln und Biberstein. Daneben besaßen jedoch auch noch mehrere Landadeliche alte Rechte der Gerichtsbarkeit über einzelne Dörfer.

Auch die vier Städte Zofingen, Aarau, Lenzburg und Brugg behielten nach der Eroberung ihre seit uralter Zeit erworbenen, ihnen von Königen und Fürsten bestätigten Freiheiten bei. Man hieß sie Municipalstädte, von dem lateinischen Worte Municipium, womit die Städte außer Rom, namentlich in Italien, bezeichnet wurden, welche eigene Gesetze und Obrigkeiten besaßen.

Zofingen wählte in frühern Zeiten 18 Glieder in den Kleinen Rath, später, nach dem großen Brande von 1396, als

viele Bürger auswanderten, nur noch zwölfe, und vierzig in
den Großen Rath. Deren Vorsteher waren die beiden Schult=
heiße. Die Ergänzungen in die Räthe und die Wahlen der
Schultheiße fanden jährlich am Sonntage Exaudi (um Pfing=
sten) statt.

Aarau hatte eine ähnliche Verfassung. Die Stadtregierung
bestand aus 45 Mitgliedern, „Räthe und Burger" genannt,
und theilte sich unter zwei Schultheiße, die mit sieben Raths=
herrn den Kleinen Rath bildeten, in achtzehn mittlere Räthe und
sodann noch in achtzehn große Räthe, die in besonders wichtigen
Fällen beigezogen wurden. Alle zwei Jahre fanden die Wahlen
statt. Die Schultheißen durften Anfangs nur aus den kleinen,
später aber auch aus den mittlern Räthen ernannt werden,
wenn diese schon sechs Jahre im Amte gestanden waren.

Lenzburg gehorchte ebenfalls zwei Schultheißen, die jährlich
im Amte wechselten, und zwölf Kleinräthen, denen noch zwanzig
Großräthe beigegeben werden konnten.

In Brugg war die Verfassung am sonderbarsten verwickelt.
Da bestanden außer den zwei Schultheißen, die auch unmittel=
bar aus der Bürgerschaft gewählt wurden, und dem Rathe noch
die Zwölfer mit einem Obmann zur Prüfung der Verwal=
tungsrechnungen des Rathes, und die Kleinglöckner — soge=
nannt, weil man sie mit einer kleinen Glocke zur Versammlung
rief — aus 36 Gliedern bestehend, mit der Aufgabe, Schult=
heißen, Rathsherrn und Zwölfer zu ernennen. Sie selbst aber,
die Kleinglöckner, wurden hinwieder vom Rathe ergänzt, wobei
der Schultheiß und jeder Rathsherr und auch der Stadtschreiber
ein neues Mitglied zu bezeichnen hatte; die Uebrigen wurden
von der Mehrheit des Rathes bestimmt. Diese Ergänzung fand
alle zehn Jahre statt und setzte jedes Mal die ganze Bürger=
schaft in lebhafteste Bewegung, wie denn überhaupt in allen
vier Städten, so klein auch die Gemeinwesen waren, die Aemter=
wahlen und Regierungswechsel mit großer Wichtigkeit behandelt
wurden. Gewöhnlich gingen ihnen mancherlei Familienumtriebe
und Reibungen lange voraus und folgten ihnen Festlichkeiten,
Schmäuse und Bälle in den Häusern der Beglückten nach. In

Brugg belief sich der Aufwand bei einer Rathsherrnwahl oft auf 500 Gulden.

Die Regierungsform in jeder der vier Städte wurde nach dem Vorbilde Berns selbst allmälig eine aristokratische, indem die Gemeinden im Laufe der Zeit mißbräuchlich ihre Rechte der Wahl und der Einsicht in die Verwaltung verloren, und an ihre Stelle die großen Räthe traten. Das Stadtregiment kam so in die Hände weniger vornehmer Familien, welche eifersüchtig diese Vorrechte zu behaupten und den Abgang wirklicher Macht mit äußeren Formen und Ceremonienwesen zu ersetzen suchten.

So geringfügig diese municipalstädtischen Gewalten auch waren, bewies sich doch Bern nicht selten eifersüchtig gegen sie, und suchte sie mitunter sogar zu beschränken, um das Aufblühen jener Gemeinwesen zu hemmen. Ihren Bürgern war der Zugang zu jeder höhern politischen oder militärischen Stelle unerbittlich verschlossen, und nur zum gelehrten und geistlichen Stande stand denselben der Weg offen. So haben denn auch Aarau, Zofingen und Brugg manche sehr tüchtige Pfarrer, ja selbst Professoren auf die Akademie in Bern geliefert; Brugg namentlich erwarb sich durch die große Anzahl seiner gelehrten Mitbürger den Namen des „Prophetenstädtchens". Wir finden daher auch, daß in diesen Städten die sogenannten Lateinschulen emsig gepflegt wurden, und sie bildeten schon frühzeitig Pflanzschulen für Zeiten späterer großer Entwicklungen.

2. Die gemeinen Herrschaften.

Dazu gehörten im Aargau die freien Aemter und die Grafschaft Baden.

Die freien Aemter hießen in alten Zeiten keineswegs so wegen der Freiheit des Volkes, sondern weil die Grafen von Rore sie frei, als eigenes Gut (Allodium) und nicht wie Lehen besaßen. Sie erstreckten sich von etwa einer Meile Wegs unterhalb Luzern längs der Reuß und den Seen von Baldeck und Hallwyl bis Mellingen. Die Grafschaft Baden hieß vielleicht ursprünglich so von den Gaugrafen dieses Namens. Doch gibt die Geschichte nicht nähere Kunde von ihnen, sondern nur von den spätern Grafen von Kyburg, Lenzburg und Habsburg, welche Stadt und Landschaft nacheinander beherrschten. Sie bestand aus acht Aemtern, Nordorf, Wettigen, Dietikon, Gebis= dorf, Siggenthal, Birmenstorf, Ehrendingen und Leuggern und sodann noch aus den sogenannten äußern, bischöflich constanzi= schen Aemtern Kaiserstuhl, Klingnau und Zurzach.

Nach der Eroberung des Aargau's bevogteten anfänglich die sechs Orte Zürich, Luzern, Schwyz, Unterwalden, Zug und Glarus gemeinschaftlich jene beiden Landestheile. Sie sandten abwechselnd einen Landvogt, der zwei Jahre im Amte stand. Bern war davon ausgeschlossen, weil es schon zu viel Beute vom Aargau erhalten hatte, und Uri, weil es freiwillig zurückgetreten war. Doch kam Letzteres nachwärts, im Jahre 1539, auch zur Mitregierung und sandte zum ersten Male den Jost Käs von Uri als Landvogt nach Baden.

Dieses Verhältniß dauerte über zweihundert Jahre bis 1712, wo in dem damaligen Religionsstreite die reformirten über die katholischen Kantone einen blutigen Sieg bei Villmergen er= rangen. Die Folge war, daß in dem zu Aarau geschlossenen Friedensvertrage den Siegern ein größerer Vortheil eingeräumt wurde, als bisher. Man zog eine Marchlinie von Lunkhofen bis Fahrwangen und theilte so die freien Aemter, dem Laufe der Reuß folgend, in die obern und untern.

In den obern freien Aemtern, aus vier Aemtern bestehend, stand den bisherigen sieben Orten oder, da nun auch Bern noch hinzutrat, den sämmtlichen acht alten Orten, die Regierung zu. Jeder Ort hatte das Recht, alle vierzehn Jahre einen Land= vogt für zwei Jahre zu bestellen. Derselbe hatte jedoch keine eigene Wohnung daselbst, sondern er begab sich gewöhnlich zwei Male des Jahres, im Frühling und Herbst, hin, zog von einem Amte zum andern, um die sogenannte „Abrichtung", d. h. die höhere Gerichtsbarkeit, auszuüben und nahm dabei seine Ein= kehr im Kloster Muri oder in der Malthefer Commende Hitz= kirch. Außer diesen Zeiten kam er nur, wenn es streitende Par= teien verlangten und auf deren Kosten. Die sonstigen laufenden Geschäfte besorgte ein Landschreiber, der zu Bremgarten saß. In den niedern Gerichten der Aemter präsidirte ein vom Land=

2

vogt eingefetzter Untervogt. Die Appellation der Prozeßführen=
den konnte, wenn fie fich in zweiter Inftanz mit dem Ausspruche
des Landvogtes nicht begnügten, fogar an die regierenden Orte
gelangen. Uebrigens befaßen noch die Städte Luzern und Zug,
die Stifte Münfter und Muri u. f. w. an einigen Orten die
niedere Gerichtsbarkeit. Die Stadt Bremgarten erfreute fich,
ähnlich wie die Municipalftädte Berns, eigener Freiheiten und
befonderer Verwaltung durch ihre Räthe.

In den untern freien Aemtern, aus neun Aemtern be=
ftehend, hatten dagegen Zürich und Bern von 1712 an allein
mit Glarus die Regierung zu verwalten; Glarus jedoch nur im
fiebenten Antheile, indem es nur alle vierzehn Jahre einen Land=
vogt für zwei Jahre zu beftellen hatte, während die beiden an=
dern Stände alle zwei andern Jahre damit wechfelten. Auch hier
hatte der Landvogt keinen Sitz, fondern nahm bei gelegentlicher
Anwefenheit feine Einkehr in einem Wirthshaufe zu Bremgarten.
Da wohnte auch der Landschreiber für die untern Aemter. Die
niedere Gerichtsbarkeit verwalteten an einigen Orten die Klöfter
Muri, Hermetschwyl und Gnadenthal, das Stift Schännis, die
Stadt Mellingen, die Familien Zur Lauben und Tschudi.

Auch in der Grafschaft Baden übten von 1712 an einzig
Bern, Zürich und Glarus Herrschaftsrechte aus, nur mit dem
Unterschied, daß Glarus hier den achten Theil befaß, und Zürich
und Bern ihre Landvögte für je fieben Jahre beftellten. Der
Landvogt bewohnte das „niedere" Schloß an der Brücke zu
Baden; er war befugt, den Klein= und Großraths=Verfamm=
lungen diefer Stadt, die ihre alten Freiheiten ebenfalls gerettet
hatte, nach feinem Belieben beizuwohnen und hatte die Schlüffel
zu den Stadtthoren und dem alten Schloffe*) in Verwahrfam.
Wie über die acht Aemter der Grafschaft, fo übte er auch über
die vorgenannten bischöflich conftanzifchen Aemter die Oberherr=
lichkeit aus. Niedere Gerichtsbarkeit übten hier an verschiedenen
Orten die Stifte Wettingen und St. Blafien, die Malthefer
Commenthurei Leuggern, die Städte Mellingen, Baden, Brem=

---

*) Es wurde nachmals wieder von den Eidgenoffen aufgebaut, im Jahre
1712 aber von den Bernern zum zweiten Male zerftört.

garten u. f. w. aus. Die sonstigen Einrichtungen waren wie in den freien Aemtern.

Daß diese gemeinen Herrschaften, ähnlich wie Thurgau, Rheinthal und die ennetbürgischen Vogteien (das heutige Tessin) Stiefkinder der alten Eidgenossenschaft waren, ist genugsam bekannt. Die Unterthanen seufzten oft genug unter der Geldgierde von Landvögten, die ihre zweijährige Amtsdauer zu eigener Bereicherung benutzten: An einen geistigen Aufschwung des Landvolkes war kaum zu denken. Die Reformation, welche zur Zeit Zwingli's in ben freien Aemtern schon weit um sich gegriffen, wurde nach der Schlacht bei Kappel (im Jahre 1531) schnell wieder unterdrückt; in der Grafschaft Baden dagegen schlug sie in einigen Dorfschaften bleibende Wurzel. Nach dem Jahre 1712 gründeten Bern und Zürich in der Stadt Baden eine eigene reformirte Kirche. Die Klöster, namentlich die reiche Benediktiner-Abtei Muri, übten weit umher ihren mönchischen Einfluß. Nur die Stadt Bremgarten zeichnete sich von jeher und bis auf neuere Zeit durch Männer von Gelehrsamkeit aus.

3. Das Frickthal.

Ein ganz anderes Loos war indessen dem Ländchen an der mitternächtlichen Seite des Jura, dem Frickthale, beschieden. Obwohl wie der übrige Aargau Eigenthum der Herzoge aus dem Hause Habsburg, blieb es doch durch das Gebirge wie durch einen Wall vor dem erobernden Schwerte der Eidgenossen geschützt. Seitdem hat es nie für lange Dauer Herren gewechselt und war es auch öftern Feindeseinfällen ausgesetzt, so theilte es damit nur das Schicksal anderer österreichischer Länder. Im dreißigjährigen Kriege drangen die Schweden und später Herzog Bernhard von Weimar wiederholte Male bis Rheinfelden, verwüsteten die Umgegend und bezwangen durch Hunger und Verrath die feste Stadt. Jedoch der westphälische Frieden gab sie wieder an Oesterreich zurück (i. J. 1650). Ebenso bestürmte in den Eroberungskriegen Ludwigs XIV., Königs von Frankreich, dessen Marschall Crequi die Stadt Rheinfelden; verließ sie aber unbezwungen, obgleich zur Hälfte eingeäschert (i. J.

1686). Glücklicher kamen die französischen Waffen nach einem halben Jahrhundert wieder (i. J. 1744). Marschall Bellisle zog von Laufenburg nach Rheinfelden hinab und gewann die Stadt. Nach zwei Jahren aber versicherte sich Oesterreich im Friedensschlusse von Neuem seines alten Besitzthums. Von da an bis zur französischen Revolution genoß das Frickthal ungestörter Ruhe unter den Fittigen des Doppeladlers. Erst da wieder ward es auf kriegerischen Durchzügen oft und schwer heimgesucht.

Die Landschaft Frickthal zerfiel in das eigentliche Frickthal, den östlichen Theil, und Möhlinbach, den westlichen Theil. Es gehörte zum Breisgau, welcher mit Schwäbisch=Oesterreich, der Ortenau und der Grafschaft Falkenstein die sogenannten öster= reichischen Vorlande bildete. In Freiburg im Breisgau saß die Provinzialregierung und dort ebenfalls das Appellations= gericht. Der oberste Gerichtshof befand sich zu Wien selbst, während die niedere Gerichtsbarkeit von den hiefür bestellten Aemtern in den verschiedenen Landesgegenden verwaltet wurde. Doch gab es auch davon altherkömmliche Ausnahmen, wie denn das Damenstift Säckingen, der Baron von Schönau=Wehr und der Baron von Roll Herrschaftsrechte besaßen. Außerdem be= stand noch eine eigene Gerichtsstelle unter dem Namen „Land= recht" für den Stand der Prälaten und geistlichen Corporationen, sowie für den Adels= und Ritterstand.

Die dem Frickthale unmittelbar vorgesetzten Behörden waren das Cameral=Oberamt Rheinfelden, bestehend aus einem Ober= amtmann, einem Rentmeister und einem Landschreiber, und das Obervogteiamt Laufenburg, bloß aus einem landesfürstlichen Obervogt bestehend. Der Letztere führte überdies den Vorsitz im Rathe der Stadt.

Die Städte Rheinfelden und Laufenburg, mit den jen= seits des Stromes gelegenen Säckingen und Waldshut, wegen der Nähe des Schwarzwaldes die „vier Waldstädte" genannt, besaßen, so weit ihr Gemeindebann ging, eigene Gerichtsbarkeit, welche von einem Stadtrathe besorgt wurde. Der Vorsteher desselben hieß früher Schultheiß, später Bürgermeister. Ihm war von der Regierung ein rechtskundiger Syndicus beigegeben zur Er= ledigung der Justiz= und Strafrechtsfälle. — Die Vorsteher der

Landgemeinden waren der Stabhalter oder Vogt und die Ge=
schworenen. Der Erstere wurde auf Vorschlag der Gemeinde
vom Oberamt, die Letztern von der Gemeinde selbst ernannt.
Protokolle wurden von diesen Gemeindebehörden keine geführt. —
Erneuerungswahlen und Amtswechsel gab es gesetzlich auch nicht,
weder in höhern noch niedern Beamtungen. Jeder bekleidete
seine Stelle lebenslänglich oder so lange er wollte und konnte.
Die monarchische Regierungsform erheischte diese Stätigkeit.
Doch hatte sich in der Verfassung noch aus alter Zeit eine an=
nähernd demokratische Einrichtung vererbt, die hier nicht uner=
wähnt bleiben darf, die sog. Landstände für den Breisgau.
Wie für andere deutsche Staaten, bestanden sie in dreifacher
Gliederung des Standes der Prälaten, wozu auch die Univer=
sität Freiburg gerechnet wurde, des Ritterstandes und des Stan=
des der Städte und Landschaften. In dem Erstern hatte das
Chorherrenstift zu Rheinfelden und das Damenstift Olsberg, in
dem Letztern sowohl die Städte als die beiden Landschaften Frick=
thal und Möhlinbach ihre Stellvertreter. Die der Landschaften
wurden auf Vorschlag sämmtlicher Ortsvorsteher vom Oberamte
gewählt. Den Landständen, die sich jährlich einmal zu Freiburg
versammelten, kam zwar keine gesetzgebende Gewalt zu, aber doch
manches für das gemeine Beste sehr ersprießliche Recht der Ver=
waltung.

Ueberhaupt erfreute sich das Land einer milden, der per=
sönlichen Freiheit nicht zu nahe tretenden Gesetzgebung. So
durfte sich jeder österreichische Unterthan in jeder beliebigen Ge=
meinde haushäblich niederlassen und da nach der eingeführten
Ordnung frei sein Gewerbe treiben, ohne andere Gebühren als
die allgemeinen Landes = und Herrschaftssteuern entrichten zu
müssen. Jedoch stand nur dem Ortsbürger einer Gemeinde der
Genuß des Gemeindeeigenthums zu.

Besonders aber waltete ein Geist hoher Milde, der zu=
gleich ein Geist freisinnigen Fortschrittes war in den Angelegen=
heiten der Kirche und Schule, seitdem Kaiser Joseph II., hoch=
gefeierten Andenkens, den Thron der österreichischen Monarchie
bestiegen hatte (im J. 1780). — Sein Verdienst ist es haupt=
sächlich, daß er kühn die Hoheitsrechte des Staates gegenüber

den Anmaßungen der päpstlichen Curie zu Rom aufrecht erhielt. Er nahm die Bischöfe unter seinen landesfürstlichen Schutz, setzte den häufigen Recursen der Gläubigen nach Rom wohl= thätige Schranken und schnitt damit dem Unfuge der hohen Dispense den Lebensfaden ab. Das Placet des Landesfürsten bei päpstlichen und bischöflichen Verordnungen hielt er strenge in Ehren. Auch durfte kein Pfarrer ungestraft die Einsegnung einer gemischten Ehe verweigern. Alles Anordnungen, die nicht verfehlten, den Geist des Volkes veredelnd zu heben, die aber freilich auch von den Römlingen auf das Bitterste angefeindet wurden. Der Papst Pius VI. hielt es bekanntlich für rathsam, im Jahr 1782 selbst nach Wien zu reisen, um die Gefahren der kaiserlichen Reform zu beschwören, mußte jedoch unverrich= teter Dinge wieder heimziehen.

Hand in Hand mit den kirchlichen Verbesserungen gingen solche im Schulwesen. Schon die Kaiserin Maria Theresia er= ließ den 6. Dezember 1774 eine allgemeine Schulordnung. Ihr Sohn Joseph setzte das von der Mutter begonnene Werk eifrig fort. In der Stadt Freiburg wurde eine Musterschule für Bil= dung von Lehrern gegründet. Die höhern Klassen der Jugend wurden in der Normalschule, die untern, jüngern Klassen in der Trivialschule unterrichtet. Jede Gemeinde mußte ein eigenes, zweckmäßig eingerichtetes Schulgebäude besitzen. Die Saat des Lichtes, welche damals ausgestreut wurde, hat sich bis auf unsere Tage vielfach segensvoll bewährt. —

Solches war der allgemeine Zustand der drei Länder in den Zeiten vor ihrer Verschmelzung zu Einem Staate. Unter ver= schiedenen Landesherren stehend, einer verschiedenen Geschichte angehörig, von verschiedenartigen Interessen bewegt und doch nur theilweise durch Naturgrenzen, meist nur durch Marksteine von einander abgesondert, standen sie einander fremd gegenüber, kannten einander kaum. Die besondern Eigenthümlichkeiten der Religion, Sitte und Verfassung hatten die Völkerschaften so aus= einander gerissen, daß es eines großen Maßes gemeinsamen Leidens bedurfte, um die lange Getrennten wieder zu verbrüdern; und Tage und Jahre schwerer Prüfung erschienen.

Die helvetische Revolution.

Wie das Jahr 1415 für den Aargau voll der wichtigsten Verhängnisse gewesen, so wurde es wieder das Jahr 1798 für ihn und die ganze Schweiz. Die große Nachbarrepublik Frankreich wandte damals auch ihre Blicke nach dem helvetischen Lande, begierig, es unter seine Abhängigkeit zu bringen. Anfänglich diplomatische Künste, bald dann ein kriegerischer Einmarsch, sollten ein Werk vollbringen, das unter dem Rufe „Krieg den Palästen, Friede den Hütten" trügerisch Rettung von Knechtschaft verhieß. Die schweizerische Tagsatzung versammelte sich, zum letzten Male vor dem Falle der alten Eidgenossenschaft, in der Stadt Aarau (vom 27. Dezember 1797 bis 1. Februar 1798), um solchen Gefahren zu begegnen. Sie drohten von Innen wie von Außen. Denn auch in einzelnen Gegenden Helvetiens gährte es. Das Waatland stand schon in heller Empörung gegen das oberherrliche Bern. Im baselschen Gebiete forderten die Landleute bürgerliche Rechtsgleichheit mit der Stadt, errichteten Freiheitsbäume und verbrannten (am 18. Jänner) die landvögtlichen Schlösser zu Farnsburg, Homburg und Waldenburg. Auch im bernerischen Aargau, zumal in den Municipalstädten, zeigte sich eine nie zuvor gekannte Aufregung. Hier hatten schon längst feurigere junge Männer, auf Schulen gebildet, mit geheimem Unmuthe die Allgewalt der regierenden Familien der Hauptstadt getragen. Bei den Ideen, welche die französische Umwälzung weckte, fehlte es bald nicht an stürmischen Aeußerungen gegen das Bestehende. Die Regierung aber, statt dem Zeitgeiste Rechnung zu tragen, suchte voll Argwohns ihn strenge zu unterdrücken. Eine große Anzahl besoldeter Spione — man hieß sie verächtlich die „Zehnbätzner" — belauschten jedes Wort, jede Handlung der Verdächtigen, und was nur freisinnig klang, ward alsobald als Hochverrath verdammt. So griff der Brand nur um so gefährlicher in die Tiefe; bald wurde er von Frankreich eifrig angeschürt. Am 9. Jänner kam der franz. Geschäftsträger Mengaud, verschmitzt wie nicht bald Einer, zur Tagsatzung nach Aarau und steckte als-

bald die Tricolorfahne vor seiner Wohnung im Gasthof zum Ochsen
auf. Er versicherte zwar die Schweizer=Behörde der friedlichen
Gesinnung seiner Regierung, begünstigte aber immer offener die
Sache der Freiheit. Die Spannung der Gemüther wuchs, als
die Tagsatzung mit feierlichem Gepränge auf der Schützenmatte
zu Aarau den Bundeseid erneuerte (den 25. Jänner) und als bei
dem darauf folgenden Gastmahle in aufgeregter Stimmung des
Augenblickes Verwünschungen gegen die Jakobiner ausgestoßen
wurden. Man trug kein Hehl, daß dies vorzüglich einem Theile
der Aarauer Bürger galt, welche sich durch große Begeisterung
für Rechtsgleichheit Aller und durch tiefe Abneigung gegen Bern
am meisten hervorthaten. Bald vernahm man nun, daß sogar
Aechtungslisten gegen die Heftigsten unter ihnen ausgefertigt
würden. Das erregte Besorgnisse; Aarau begab sich unter den
Schutz Mengauds, den dieser im Namen des französischen Di=
rectoriums zuvorkommend verhieß, und stellte eine Sicherheits=
commission auf. Als um diese Zeit die Regierung Berns Milizen
aufbot, um seine Grenzen gegen Frankreich zu bewahren, weigerte
sich die Mannschaft Aarau's, dem Rufe zu folgen. Die Batail=
lone von Zofingen und Aarburg, sowie die unteraargauischen
Dragoner folgten jenem Beispiele. Den 30. Jänner baten mehr
als dreißig Dörfer den französischen Geschäftsträger um Sicher=
heitskarten, um, wenn sie nicht ins Feld rückten, gegen Bern
geschützt zu sein. Nur aus einzelnen Ortschaften fanden sich
zögernd und verdrossen die Milizen an ihren Sammelplätzen
ein, wo die bernerischen Offiziere ihrer harrten. Auch das
Brugger und Lenzburger Bataillon wankte in seinem Entschlusse
einen ganzen Tag und verlangte im Kanton zu bleiben. Aarau
erließ eine gedruckte Zuschrift an „die lieben Freunde und Mit=
bürger im Unteraargau", um sie in ihrer Auflehnung gegen
Bern zu bestärken. Die bernerischen Parteigänger aber benutzten
diesen Aufruf, um Aarau zu verdächtigen, es wolle die Fran=
zosen ins Land rufen und sich zur regierenden Hauptstadt auf=
schwingen. Das fand beim Landvolk an manchen Orten Eingang;
der Grimm gegen Aarau loderte in hellen Flammen. Es geschah
dies um so mehr, als kund ward, daß alsobald nach dem Aus=
einandergehen der Tagsatzung vor dem städtischen Rathhause daselbst

ein schön geschmückter Freiheitsbaum aufgerichtet worden, daß
Herren und Frauen jubelnd darum getanzt, und daß Mengaud
und sein Gefolge ein Festmahl der Bürgerschaft mit seiner
Gegenwart beehrt habe. Auf diesen Vorfall hin und als Men=
gaud die Stadt verließ, um nach Basel zu reisen, nachdem
er nochmals jener den Schutz der französischen Republik zuge=
sichert, vereinigte General von Büren in Suhr seine Trup=
pen, und forderte Aarau zur Auslieferung seiner Fahnen auf.
Angeknüpfte Unterhandlungen führten zu keinem Erfolge; kaum
entgingen die Abgeordneten der Stadt blutiger Mißhandlung.
Am Sonntag Morgen, den 4. Februar, rückte von Büren vor;
Schwärme fanatisirten Landvolks begleiteten ihn, drangen zuerst
in die Gassen ein und hieben unter wüthendem Geschrei den Frei=
heitsbaum um. Weitern Unfugen steuerte zur rechten Zeit noch
das nachrückende Militär. Mehrere Berner = Offiziere sorgten
menschenfreundlich für strenge Mannszucht. Nun wurde die
Bürgerschaft entwaffnet und die Häuser der namhaftesten Pa=
trioten — wie man Berns Gegner nannte — mit übermäßiger
Einquartierung belastet. Viele von Jenen, darunter die Mit=
glieder des Sicherheitsausschusses und auch Pfarrer Fisch, waren
über das Gebirge nach Liestal entflohen, wo sie Zuflucht fanden.
Am 5. Februar versammelte der bernerische Obercommissär für
die deutschen Lande, Weiß, die Vorsteher der Stadt in der
Kirche und erklärte, nach einer sehr heftigen Anrede an sie, die
Sicherheitscommission entsetzt. Während dem tobten Haufen
von Bauern um die Kirche herum, entwichen aber, als ein fal=
scher Lärm vom Heranzuge der Franzosen kam, erschrocken zu
den Thoren der Stadt hinaus.

Bern erkannte indessen, daß es sich seinem Lande gegenüber
zu Versprechungen größerer Freiheiten, als es bisher genossen,
herbeilassen müsse. Schon hatte das Waatland sich unabhängig
erklärt und war der General Brüne mit einer französischen
Armee zu seinem Schutze erschienen und schon führte General
Schauenburg ein anderes Heer vom Rheine her durchs Mün=
sterthal gen Biel. Der Rath, obwohl zögernd, berief zweiund=
fünfzig Männer des Landes, als dessen Stellvertreter, um mit
ihnen eine neue Verfassung auf demokratischer Grundlage zu be=

rathen. Zugleich aber ordnete er kriegerische Rüstungen an und mahnte die Eidgenossen zur Hülfe.

Diese Mahnung ward auch an die drei Landvögte in der Grafschaft Baden und den freien Aemtern erlassen. Weil aber in diesen unterthänigen Ländern keinerlei militärische Einrichtung bestand, so mußten zuerst Verzeichnisse dienstfähiger Mannschaft aufgenommen und dabei die Leute bezeichnet werden, welche sich zu Offiziersstellen tauglich erfanden. Wer der persönlichen Dienstpflicht enthoben wurde, sollte Steuern bezahlen, zur Bildung einer Operations=Cassa. Doch die kriegerischen Ereignisse eilten solchem schwer und langsam ins Werk gesetzten Unternehmen voraus.

Denn die französischen Heerschaaren drangen im Anfange des Märzmondes kriegsbegeistert heran. Bern mit Freiburg und Solothurn stellten ihnen ihre Milizen entgegen. Zwar von Glarus, Luzern, den Waldstätten und andern Orten kamen ebenfalls Hülfstruppen in verworrenen Haufen; doch bei der ersten schlimmen Nachricht flohen sie wieder heim, ohne den Feind erblickt zu haben. Von ungleich mehr Muth waren die Berner beseelt; unter Oberst Grafenried wurde mit altschweizerischer Tapferkeit bei Neueneck gefochten, und ebenso am gleichen Tage im grauen Holze. Auch eine Schaar Zofinger Bürger stritt noch in ihrer Reihe. Zofingen hatte einst bei der Eroberung des Aargau zuerst unter dessen Städten zu Bern gehalten, jetzt harrte es am letzten noch unter seinen Vertheidigern aus. Doch bei aller Tapferkeit fehlte es den Schweizern an Waffenübung und fähigen Hauptleuten zu sehr, als daß sie den kampfgewöhnten republikanischen Heeren Frankreichs hätten die Spitze bieten können. Geschlagen und zerstreut mußten sie fliehen; Haufen bewaffneten Landvolkes über Verrätherei schreiend erschlugen manche ihrer eigenen Hauptleute. Die Franzosen zogen den 5. März siegreich in die Stadt Bern ein, nachdem Freiburg und Solothurn schon mehrere Tage vorher besetzt worden.

Dieser furchtbare Schlag erschütterte die alte, mehrhundertjährige Eidgenossenschaft so tief, daß der Einsturz ihrer bisherigen Verfassungen unaufhaltsam folgen mußte. Bei der ersten Nachricht von der Einnahme Berns ergriff Verwirrung ihre

Anhänger, die so geheißenen Aristokraten, frohlocken ihre Feinde. Ins Aargau zurückkehrende Offiziere und flüchtende Berner wurden da und dort vom Pöbel mißhandelt, die Landvögte von ihren Schlössern gejagt. Die Besatzung der Stadt Aarau, welche die Bürgerschaft daselbst bisher noch im Zaum gehalten und geängstigt, stob ohne förmliche Abdankung auseinander, und die Soldaten kehrten heimlich auf Umwegen in ihre Dörfer zurück. In der Stadt aber bildete sich ein Heilsausschuß, der in einer gedruckten Kundmachung: „Freiheit, Gleichheit, Einigkeit und Ordnung" proklamirte. Andere Städte des Aargau's folgten nach. Alles Herrenthum ward abgeschafft; man nannte sich „Bürger". Der Niedrigste stand dem einst Höchsten gleich an Rechten. Männer und Frauen schmückten sich frohlockend mit dreifarbigen Bändern oder Cocarden, wie es schon früher in Basel geschehen war. Man verkündete laut den Anbruch eines glückseligen Zeitalters. Unter der Aristokratenpartei aber herrschte eine Betäubung des Schrecks, welche allmälig in tiefen Groll gegen Alles nun neu Geschaffene überging.

Die fränkischen Sieger indessen hauseten zu Bern als in einem eroberten Lande. Das Zeughaus wurde geplündert, das Schatzgewölbe erbrochen und daraus viertehalb Millionen Schweizerfranken geraubt, die nachher zur Bestreitung der Kosten der großen Expedition Bonaparte's nach Aegypten verwendet wurden. Auch an sonstigen ungeheuren Erpressungen und empörenden Gewaltthaten fehlte es nicht. Zugleich ward aber auch darauf Bedacht genommen, sich der übrigen Schweiz zu versichern, von welcher man', zumal von den Urkantonen, eines lebhaften Widerstandes gewärtig sein mußte. Ehe dies aber noch geschehen, verkündeten der General Brüne und der Commissär des Pariser Directoriums, Le Carlier, schon die Auflösung der alten Eidgenossenschaft und die Herstellung einer helvetischen Republik. Bereits hatte ein eifriger Patriote und Verfechter der neuen Freiheitsideen, Bürger Ochs von Basel, den Entwurf einer Einheitsverfassung, nach dem Muster der französischen, für die Schweiz bearbeitet und verbreitet. Danach sollten die bisherigen dreizehn Orte mit ihren Zugewandten und Unterthanenländern unter Einer Regierung vereinigt und das Land in neugeschaffene Verwaltungsbezirke oder Kantone ein-

getheilt werden, von denen jeder seine Vertreter in die obersten
Räthe zu senden hätte. Hier erschien auch zum ersten Male der
Name eines „Kanton Aargau", doch nur den bernerischen
Theil begreifend. Die höchste gesetzgebende Gewalt der Republik
sollte aus zwei gesonderten Kammern, einem Großen Rath mit
je acht Deputirten und einem Senate mit je vier Deputirten
jedes Kantons bestehen. Dem Letztern stand die Befugniß zu, Ge=
setze, die der Erstere berathen hatte, zu genehmigen oder zu ver=
werfen. Einem Directorium aus fünf Mitgliedern und dessen
Staatsministern ward die vollziehende Gewalt zugetheilt. Außer=
dem sollte ein oberster Gerichtshof für Helvetien aufgestellt
werden. — Le Carlier betrieb eifrig die Einführung dieser Con=
stitution. Unterm 29. März, lange bevor noch alle Kantone zu=
stimmten, befahl er in einer Kundmachung: „Die Bürger werden
in Versammlungen zusammentreten, um ihre Räthe, Richter und
Abgeordneten zu wählen. Die Volksrepräsentanten haben sich auf
den 10. April in Aarau zum gesetzgebenden Corps einzufinden.
Sobald mehr als die Hälfte der Mitglieder bei einander ist, wird
die Eine, untheilbare, demokratische und repräsentative Republik
verkündet. Die Stellvertreter der später beitretenden Kantone
erhalten Sitz und Stimme, sobald sie gültige Vollmachten vor=
weisen. Aarau ist für einsweilen Sitz der helvetischen Regie=
rung. Deren Sitzungen können jedoch später nach Luzern
verlegt werden, wenn Letzteres seinen Beitritt erklärt hat."

Nach diesem Befehle geschah es. Da die alte Republik Bern
durch die Verfassung in vier Theile zerschnitten wurde, in die
neuen Kantone Waat, Oberland, Bern und Aargau, so lag es
nun auch an diesem Letztern, sich zu constituiren. Die sogenannte
Ochsische Verfassung ward im Anfange Aprils ohne Widerstand,
vom größern Theil der Einwohner bereitwillig angenommen;
dann wurden in allen Gemeinden Wahlmänner erkohren, die, in
Aarau versammelt, ihre Abgeordneten zur Nationalversammlung
ernannten.*) Der Kanton bestand aus den vier Distrikten

---

*) In den Senat kamen die Bürger Joh. Rud. Dolder von Mörikon,
Joh. Rud. Meyer, Vater, von Aarau, Joseph Vaucher von Nie=
derlenz, Rud. Lauper von Oberburg; in den Großen Rath: Karl

Aarau, Brugg, Lenzburg und Zofingen. Seine Be=
völkerung wurde auf 60,000 Seelen geschätzt; seine Grenze ge=
gen Bern bildete der Wiggerstrom.

In der ehemaligen Grafschaft Baden und den freien Aem=
tern ging die Umgestaltung der öffentlichen Dinge etwas min=
der raschen Ganges vorwärts. Als nach der Einnahme von
Bern die Franzosen bis zur Feste Aarburg vorrückten, versam=
melte der bisherige Landvogt, nunmehr der Letzte in der vier=
hundertjährigen Reihenfolge, Hans Reinhard von Zürich,
die Ausgeschossenen der Gemeinden zu sich in's Schloß und über=
trug ihnen die Verwaltung. Dann nahm er, der ein menschen=
freundlicher Beherrscher gewesen, gerührten Abschied von ihnen
und reiste nach Zürich ab. Sobald er sich entfernt hatte, er=
schien den 23. März eine Kundmachung der Kanzlei der einst=
weiligen Behörde, worin gesagt war: „Die alte, oligarchische
Regierung ist abgeschafft; Stadt und Land sind brüderlich ver=
einigt; wir sind nicht mehr dienstbare Knechte, sondern freie
Söhne des Vaterlandes; ihr sollt in Zukunft nicht mehr von
stolzen, herrschsüchtigen Gewalthabern, sondern von freigewähl=
ten Vorstehern regiert werden!" Der französische General
Schauenburg und die Bevollmächtigten Le Carlier und Rapinat
unterhandelten mit den Ständen Zürich, Bern und Glarus,
welche über die Grafschaft Baden und die untern freien Aemter
als Souveraine geboten, um Abtretung dieser Landschaften an
die helvetische Republik. Jene, fast willenlos gehorchend, ent=
ließen alsobald die bisherigen Unterthanenländer ihrer Pflicht,
und anerkannten urkundlich deren unbedingte Freiheit. — Es
handelte sich daher lediglich nur noch um die Form ihrer Auf=
nahme in die Republik. Nach der Verfassung sollten sie mit
der Stadt und dem Gebiete von Zug zu einem Kantone dieses

Frdr. Zimmermann von Brugg, Joh. Herzog von Effingen,
Dr. Joh. Rud. Suter von Zofingen, Franz Aerni von Aarburg,
Melchior Lüscher von Oberentfelden, Gottlieb Spengler von
Lenzburg, Samuel Ackermann von Händschikon und Joh. Hemmeler
von Aarau; in den obersten Gerichtshof: Joh. Rud. Ringier, Stadt=
schreiber von Zofingen, als Richter, und Joh. Jak. Bächli von Brugg
als Ersatzmann.

Namens vereinigt werden. Allein da die Landsgemeinde von Zug im April noch die Anerkennung der Constitution verweigerte, so schien es dem französischen Commissär rathsam, um der beförderlichen Vervollständigung der helvetischen Oberbehörde willen, vorläufig aus jenen Landschaften ein eigenes Ganze zu bilden. Diesen Umständen hatte der Kanton Baden sein Entstehen zu danken. Er ward aufgefordert, sich ohne Verzug gleichfalls zu constituiren und seine Abgeordneten zu bezeichnen.*) Der Kanton bestand aus den Distrikten Baden, Bremgarten, Muri, Sarmenstorf (wozu das jetzt luzernerische Thal von Hitzkirch auch noch gehörte) und Zurzach. Die Bevölkerung rechnete man auf 45,000 Seelen.

Am 12. April 1798 kam dann die gesetzgebende Versammlung in Aarau zusammen. Dabei waren noch erst vertreten die Kantone Aargau, Basel, Bern, Freiburg, Leman, Luzern, Oberland, Schaffhausen, Solothurn und Zürich. Die Abgeordneten des Kantons Baden, wo die Wahlen sich verzögert hatten, erschienen etwas später, den 21. April. Mit Baden nahmen noch keinen Theil an der Eröffnung die Abgeordneten von Appenzell, Glarus, Graubünden, St. Gallen, Schwyz, Tessin, Thurgau, Unterwalden, Uri, Wallis und Zug. Erst nachmals traten solche auch bei, nachdem die rückständigen Wahlen erfolgten, und als der Widerstand einiger dieser Kantone durch Waffengewalt der Franken gebrochen war. — Die Vollmachten der Anwesenden wurden nun gemeinschaftlich geprüft; dann schied sich die Versammlung in die verfassungsgemäßen Behörden des Senates und großen Rathes aus, und feierlich ward noch am nämlichen Tage die Einheit und Untheilbarkeit der helvetischen Republik ausgesprochen. Der zum Präsidenten ernannte Peter Ochs von

---

*) Dieselben waren: für den Senat B. C. Attenhofer von Zurzach, Jos. Häfeli von Klingnau, Jos. Lang von Hitzkirch und Alois Ruepp von Sarmenstorf; für den Großen Rath: Andreas Wetter von Degerfelden, Peter Beutler von Auw, Karl Leonz Bombacher von Spreitenbach, Dietrich Mäschli von Muri, Burkart Hirt von Gebistorf, Leonz Wohler von Wohlen, Ludwig Egloff von Baden; für den obersten Gerichtshof: J. J. Majenfisch von Kaiserstuhl als Richter, und Niclaus Wasmer von Mellingen als Ersatzmann.

Basel verkündete diese Botschaft zum Rathhausfenster hinaus der unten versammelten Volksmenge aus Aarau und der Umgegend. Der Jubelruf derselben, vermischt mit Salven eines Grenadier= corps, antwortete ihm. Auch dem französischen Botschafter, der sich zu Aarau eingefunden, ward durch Abordnung Anzeige vom Geschehenen gemacht; dem Schweizervolk durch eine Proklama= tion. Als Dreifarbe des neuen Staates wurde Grün, Roth und Gelb gesetzlich bestimmt und hierauf das vollziehende Direc= torium bestellt mit den Bürgern Lukas Legrand von Basel, Moriz Glayre von Romainmotier im Kanton Leman, Viktor Oberlin von Solothurn, Ludwig Bay von Bern und Pfyffer von Luzern.

Damit war der neue helvetische Staat gegründet. Alle diese Verwandlungen und Umwälzungen waren das Werk von kaum sechs Wochen gewesen.

Die Kantone Aargau und Baden zur Zeit der Helvetik.

Aarau hoffte, wie es vormals öfter und noch in letzter Zeit Sitz der alten Tagsatzung gewesen, so nun für immer zur Haupt= stadt der Republik erkohren zu sein. Die Municipalität, wie man von nun an die Gemeindsbehörden nannte, hatte dem Senate im städtischen Rathhause, am ehemaligen Thurm Rore angebaut, Sitzungszimmer angewiesen, dem Großen Rathe im gegenwärtigen Knabenschulhause an der s. g. hintern Vorstadt. In dem schönen Hause zum Löwen, dem heutigen Regierungs= gebäude, hielt das Vollziehungsdirectorium seine Sitzungen. Mehrere andere geräumige Häuser wurden von den Ministerien und ihren Kanzleien eingenommen. Dessen ungeachtet sah man sich vielfach beengt, besonders da die große Zahl der Abgeordne= ten und Beamten in dem Städtchen nicht immer die gewünschte Unterkunft für sich und ihre Familien finden konnten. Zwar suchte die Gemeinde auch diesem Hindernisse zu begegnen; sie

begann die Aufführung jener schönen, nach einem Plane er=
bauten Häuserreihe vor dem Laurenzenthore, welche noch heute
die „neue Vorstadt" heißt; schenkte zur Beförderung des Unter=
nehmens einheimischen Baulustigen den Platz und verhieß Frem=
den noch dazu das Bürgerrecht der Stadt. Allein zu der trotz=
dem fortdauernden Beschränktheit im Raume kam auch noch der
Groll mancher Abgeordneten der aristokratischen Partei gegen
das „Revoluzerstädtchen" Aarau, wie es genannt wurde, das
zuerst und am kühnsten im deutschen Bernergebiet das Banner
der Revolution erhoben hatte. Gar Viele mochten ihm auch
den Vortheil nicht gönnen, den es als Sitz der obersten Ge=
walten genoß. Wiederholt fielen daher Anträge zu Verlegung
nach einer größern Stadt. Sie scheiterten anfänglich. Am
3. Mai beschloß der Große Rath nach Anhörung einer hiefür be=
stellten Commission: „Aarau sei zum Sitze der Regierung vor=
geschlagen." Folgenden Tages bestätigte der Senat diese Schluß=
nahme. Doch schon in dem Worte „vorgeschlagen" lag ein
Haken für die Zukunft. Wenige Monate später erneute sich
der Angriff wieder, als auch dem obersten Gerichtshofe ein Ge=
bäude geöffnet werden sollte. Aarau, um Platz zu gewinnen,
räumte sein schönes Spitalgebäude ein, indem es die Kranken
und Pfründner nach Königsfelden bringen ließ. Auch wurde
in Vorschlag gebracht, die benachbarten Schlösser Biberstein,
Wildenstein und Kastelen zu Kanzleien und Archiven zu be=
nutzen. Allein am 7. August entschied sich der Große Rath, daß
fortan Luzern Hauptort der Republik sein solle, und folgenden
Tags bestätigte es der Senat. Die Bürgerschaft vernahm es
mit Schrecken, denn sie hatte sich zur Herstellung der Gebäude
mit einer übergroßen Schuld beladen. Den 20. September soll=
ten die Sitzungen in Aarau geschlossen und den 4. Oktober in
Luzern wieder eröffnet werden. In seiner Abschiedsrede pries der
Präsident des Großen Rathes, Conrad Escher, später von der
Linth genannt, dankbar Aarau als „Wiege der helvetischen Re=
publik". Aehnlich sprach sich Paul Usteri von Zürich als Prä=
sident des Senates aus. Dann schieden die Behörden nach einem
Aufenthalte daselbst, der nahezu ein halbes Jahr gedauert hatte.

Inzwischen hatten sich sowohl die helvetische Regierung als

die neuen Kantone mehr und mehr befestigt. Es verdient hier als besonders wichtig der Erwähnung, daß alles Staats= vermögen der bisherigen Orte zum Nationalgut der Republik erklärt und besondern Kammern in jedem Kantone zur Ver= waltung übergeben wurde. Zum Regierungs=Statthalter des Kantons Aargau war vom Directorium Emanuel Feer von Brugg ernannt worden; zum Statthalter nach Baden Honegger. Doch blieb dieser nur wenige Tage in seiner Stellung, wegen der großen Schwierigkeit derselben. Es war nämlich das Ver= hältniß der Grafschaft Baden und der freien Aemter gegenüber Zug noch immer nicht festgestellt. Auch der nachfolgende, am 2. Mai ernannte Regierungs=Statthalter, Heinrich Weber, gedachte wieder abzutreten, weil, wie er sich in einer Zuschrift an die Regierung ausdrückt, die Lage äußerst traurig sei und die längere Zögerung, gesetzmäßige Obrigkeiten im Lande aufzu= stellen, die dortige Gegend in völlige Anarchie stürzen werde. Auf solche Vorstellungen hin ward endlich Baden zum bleiben= den Kanton erklärt und Zug dem Kanton Waldstätten als vierter Distrikt zugetheilt.

Jene Klage über große Schwierigkeit der Verhältnisse erklärt sich aus folgenden Vorgängen. Bestimmten Zusicherungen ent= gegen rückte nämlich schon zur Zeit des Zusammentrittes der helvetischen Räthe eine französische Truppenabtheilung von Bern ins Aargau ein. Vorwand war, die Wahl des Vollziehungs= Directoriums zu schützen, wohl der wahre Zweck aber, die Selbst= ständigkeit der Räthe von vorneherein zu lähmen. Schon diese Muthmaßung wirkte auf jeden redlichen Schweizer sehr verstim= mend. Dazu kam dann noch die Willkür, mit der die soge= heißenen Befreier im Freundeslande verfuhren, indem sie die angebotenen Casernen verschmähten und dafür Verpflegung in Bürgerhäusern erzwangen, ja sogar aus den Arsenalen der Städte, vor allen Zofingens, sämmtliche Gewehre und Kriegs= werkzeuge plünderten. Die von den fränkischen Commissairen ausgeschriebenen Lieferungen waren so unerschwinglich, daß außerordentliche Quellen eröffnet werden mußten, jene Begehren zu befriedigen. So wurden unter Anderm den 27. April zu solchen Zwecken in Eile bei den Salzauswägern in Baden

2995 Glb. 37 Krz., in Mellingen 9747 Glb. 36 Krz., in Bremgarten 1810 Glb. 16 Krz., in Villmergen 453 Glb. 6 Krz., in Sarmenstorf 1683 Glb. 38 Krz., zusammen also die Summe von 16,690 Glb. 13 Krz. erhoben. Die Bauern von Hunzen= schwyl, an der Landstraße von Aarau nach Lenzburg, litten be= sonders schwer unter rauher Begegnung und unmäßigen Forde= rungen der fremden Kriegsleute. In Suhr wurde sogar ein Familienvater ungestraft von Husaren erstochen. Viel Unwillen erregten zumal die willkürlichen Requisitionen von Pferden, die einmal aus dem Stalle entlassen, selten wieder zurückgebracht wurden. Den Einsprachen der Besitzer dagegen antwortete der Uebermuth der Franzosen insgemein mit blankem Säbel. Kein Wunder daher, daß in der Mitte Mai's einige Gemeinden der Distrikte Aarau und Lenzburg stürmisch Waffen zur Selbstver= theidigung verlangten, und daß es der Obrigkeit kaum gelingen wollte, sie zu beschwichtigen. — Freilich fehlte es auch nicht an absichtlichen Aufwiegelungen. An der Grenze des Frickthales saß Oberst Weiß von Bern, Ränke schmiebend; von dort sandte er seine Vertrauten unter das Landvolk aus bis in die freien Aemter. Sie verdächtigten in Wirthshäusern die neue Verfassung, ver= breiteten unter der leichtgläubigen Menge falsche Gerüchte und verkündigten namentlich die baldige Ankunft der Oesterreicher, welche die Franzosen zum Lande hinausjagen würden. Ebenso soll der gewesene Landvogt Steiger von Biberstein, der sich lange in der Schenke dieses Dorfes aufhielt, ähnliche Umtriebe ge= sponnen haben. — In den katholischen Gegenden kamen zu diesen Ursachen, die den Haß gegen die Franzosen aufstachelten, noch fromme Befürchtungen. Die helvetische Constitution er= schien nämlich als ein Eingriff in die alte, heilige Religion und bald war das viel herumgebotene Büchlein durch das ganze Ge= birge der Waldstätte, durch das Zugerland und in den freien Aemtern als ein „höllisches“ verpönt. Selbst manche Pfarrer, oft so unwissend wie ihre Bauern selbst, halfen solchen Fana= tismus anschüren und als der aufgeklärte bischöfliche Commissair Krauer von Luzern beruhigend erklärte, die Religion könne neben der neuen Verfassung wohl bestehen, ward er als ein Abtrün= niger verfolgt.

Unter solchen Verhältnissen blieb die Stellung der helvetischen Beamten allerdings sehr schwer. Wohl blutete dem Patrioten das Herz beim Anblick der Unbill, welche dem Volke vielfach widerfuhr; allein der Glaube, es werde die errungene Freiheit dennoch dem Lande zum Segen gedeihen, lehrte sie das Unvermeidliche der Gegenwart tragen.

Indessen hing das Loos Helvetiens noch von der Entscheidung in den Urkantonen ab, wo sich die Völkerschaften zum Kampfe auf Leben und Tod für ihre alte Unabhängigkeit rüsteten. Freunde wie Gegner des Neuen knüpften daran ihre Hoffnungen. Am 25. April brachen die Franken von Aarau auf; eine Abtheilung wandte sich gegen Zug, die andere gegen Zürich. Als Erstere folgenden Tages in die freien Aemter bei Dottikon einrückte, stieß sie schon hier auf feindliche Schaaren. Es waren 500 wohlbewaffnete Landleute von Zug mit einer Kanone, welche die Landstraße bestrich, und ungefähr 1000 Freiämter, in Ermangelung von Flinten mit Knitteln und Messern bewaffnet. Gleich zum Empfange schmetterte das Geschütz der Zuger gegen dreißig Franken zu Boden. Ein lebhaftes Gefecht entspann sich, das zwischen Hägglingen und Villmergen bis zum Abend dauerte. Dreimal riefen die Trommeln der Franzosen zum Rückzuge; aber ihre Reiterei drang immer wieder vor und brachte die tapfern Gegner zum Weichen. Diese zogen sich nun bis in die Nähe von Muri, wo sie sich zu verschanzen suchten. Allein neue, von Lenzburg herbeigeholte fränkische Truppen vereitelten das Unternehmen. Ein heftiger Angriff, ein blutiger Widerstand und die Schweizerschaaren mußten mit Anbruch der Nacht weichen. An 150 Todte und viele Schwerverwundete ließen sie zurück. Sie hatten während des Tages entsetzliche Gräuel an Feinden geübt, die in ihre Hände fielen. Dafür nahmen nun die Franzosen Rache durch Plünderung der Dörfer. Schon hier hatte sich gezeigt, welch eine Religionsschwärmerei die Landleute beseelte. Die Sieger erbeuteten unter Anderm eine Fahne, worauf ein Marienbild mit der Inschrift prangte: Defende nos in proelio (vertheidige uns in der Schlacht).

Doch das war nur ein Vorspiel der Kämpfe, welche die Franken im Gebirge selbst erwarteten. Heldenfest, doch ohne Glück, stritten die Männer der Waldstätte und von Zug bei Wollerau und an der Schindeleggi; siegreich unter ihrem Feldhauptmann Aloys Reding beim Rothen Thurm am zweiten Maitag. Allein sie verbluteten an ihren eigenen Siegen und schlossen sich endlich bezwungen der helvetischen Republik an. So kam die ganze Schweiz unter Frankreichs Obergewalt.

Eine wenig bekannt gewordene Thatsache ist, daß nachdem die Franzosen Einsiedeln genommen hatten, der Oberfeldherr das Kloster förmlich der Stadt Aarau schenkte, als Entgelt für die Drangsale, die sie im Februar bei der Besetzung der Berner geduldet hatte. Von den Bewohnern Einsiedelns mußten ihr 50 Wagen mit Altarblättern, Heiligenbildern, Meßgewändern, Betten, Kupfergeschirr u. s. w. zugeführt werden. Zu einer Besitznahme der Klostergebäude durch Aarau kam es jedoch nie. Nachdem die Geistlichen wieder zurückgekehrt waren, sandten sie eine Abordnung an die Municipalität der Stadt ab, um sich wieder Meßgewänder zurückzuerbitten.

Dumpfe Stille folgte nun nach der Bezwingung der Ur=
schweiz eine Zeit lang im Aargau, doch regten sich hie und da bald wieder Versuche zum Widerstand. So im Kanton Baden, wo Leonz Hauwyler in Jonen am 4. Juli die Gemeinde zu=
sammenberief, um entscheiden zu lassen, ob man die Cocarden der Republik tragen und den Zehnden, der von den Räthen ab=
geschafft war, bezahlen wolle oder nicht. Der Regierungsstatt=
halter Weber, davon in Kenntniß gesetzt, ging in Begleit des französischen Commandanten von Mellingen, Teüllière, einige Tage darauf selbst hin, um seine Mitbürger des Bessern zu be=
lehren. Hauwyler, umgeben von der Gemeinde, Alle in großer Aufregung, schrie, daß sie die Cocarde nur unter Versicherung tragen würden, sie schade der Religion und dem Eigenthumsrechte nicht. Der Tumult wuchs, als der Statthalter jenen Rädels=
führer verhaften wollte. Wenig fehlte, es kam zu Thätlichkeit gegen die Beamten; nur die besonnene Festigkeit Webers be=
schwichtigte den Lärm. Hauwyler begab sich darauf freiwillig in Haft nach Bremgarten, wurde aber, als er aufrichtige Reue bezeigte, bald wieder entlassen.

Die gesetzgebende Versammlung hatte, auf die Kunde hin, daß von den Klöstern Schulden eingetrieben, und Gelder und Kostbarkeiten ins Ausland geschickt würden, Sequestration all ihrer Güter beschlossen. Darob entstand wieder viel Unruhe. Der Statthalter Weber fand bei der Untersuchung in der Abtei Muri, daß viele köstliche Stücke des Kirchenschmuckes und sonstige Kleinodien geflüchtet waren, und ließ vier verdächtige Mönche nach Aarau in Gewahrsam bringen. Ein halbes Jahr später, als die zur Wiedererstattung des Entführten bestimmte Frist ohne Erfolg verstrichen war, sollten auf Anordnung der Regierung sechs Conventualen, die am meisten schuldig waren, heimlich aufgehoben und über den Rhein transportirt werden. Der Unterstatthalter Graf, damit beauftragt, fand zu seiner Ueberraschung vor der Klosterpforte schon einen Volkshaufen zum Schutze der Mönche aufgestellt; ein Schreiber hatte denselben das Geheimniß verrathen. Nur die Gegenwart mitgebrachter französischer Reiterei verhinderte thätlichen Widerstand. — Auch Hermetschwyl lieferte seine Schuldtitel gezwungen aus. Das Kloster Gnadenthal mußte eine silberne Krone und einen Scepter, die es ins Frickthal geschafft, wieder zurückholen lassen. In Wettingen ergab sich, daß die Zinsschriften schon im Anfange der Revolution in Sicherheit gebracht worden; auch sie mußten zurückgerufen und der Obrigkeit zugestellt werden. Uebrigens hatte dieses Kloster von Erpressungen der Franzosen schon Unsägliches zu leiden. — Da die Rede ging, daß von Einsiedeln aus mit dem Kloster Fahr an der Limmat geheimer Briefwechsel über einen baldigen Einmarsch der Oesterreicher geführt werde, erließ das Directorium an den Regierungsstatthalter strenge Befehle zur Untersuchung. Unversehens drang derselbe mit einem Gehülfen ins Kloster ein, gerade als die Nonnen im Chore versammelt waren. Er forderte der Priorin die Schlüssel ab, und begann deren Schreibpulte zu untersuchen. Jener gelang es noch, einen Brief daraus zu erhaschen und zu zerreißen. Es ergab sich, daß es die Zuschrift eines französischen Karthäuser war, der ins Oesterreichische geflüchtet, geschrieben hatte: Bald werde Erlösung durch den Doppeladler kommen. Unter den übrigen Papieren der Priorin wie der Nonnen fanden sich sonst nur Gebete und fromme Betrachtungen, die den erschrockenen Inhaberinnen alsbald wieder zurückgestellt wurden.

Solche Vorfälle, durch das Gerede der Leute herumgetragen und vergrößert, vermehrten den Widerwillen gegen die neue Ordnung der Dinge immer mehr und steigerten die Sehnsucht nach Befreiung. Die helvetische Regierung in Aarau stand ohne Ansehen und ohne Vertrauen beim Volke da. Sie wurde selbst von den französischen Gewalthabern nicht selten tief herabgewürdigt. Eines der auffallendsten Beispiele dieser Art war, da der Commissair Rapinat den 16. Juni klagend wider zwei Mitglieder des Directoriums, Bay und Pfyffer, auftrat, als ob sie heimlich die Feinde Frankreichs unterstützten, und in gebieterischer Anmaßung nicht nur deren Entfernung aus der Behörde forderte, sondern auch, der Verfassung zuwider, von sich aus zwei andere Directoren, Peter Ochs und den Aargauer Joh. Rud. Dolder, einsetzte. Noch schmächlicher aber war es, daß der Senat die Botschaft von diesen frechen Eingriffen in seine Rechte laut beklatschte und wenige Tage darauf, als der Oberbefehlshaber Schauenburg das Verfahren Rapinats scharf mißbilligte, wieder in schallenden Jubel ausbrach. Gleichwohl traten jene Directoren aus der Behörde zurück, und an ihre Stelle wurden gewählt, statt Dolders, der Waatländer Friedrich Cäsar Laharpe und der schon genannte Ochs.

Am heftigsten entstand Aufregung, als die Gesetzgeber beschlossen, daß alle Bürger in Helvetien der eingeführten Verfassung den Eid der Treue leisten sollten. Empörungen folgten diesem Gebote im Rheinthale, Oberlande, Appenzell und anderwärts. Besonders war das Völklein von Nidwalden durch den Kapuziner Paul Styger und den Helfer Lüßi zur wüthendsten Glaubensschwärmerei entflammt worden. Als General Schauenburg mit großer Heeresmacht gegen die Verblendeten andrang, konnte er erst nach den hartnäckigsten Kämpfen und unter Gräueln der Verwüstung des unglücklichen Landes Meister werden (9. u. 10. September 1798). In den freien Aemtern und im Aargau widersetzten sich einzelne Gemeinden ebenfalls der Eidesleistung; dort am längsten Sarmenstorf, hier Reitnau. Doch das Schauderbeispiel Nidwaldens bewog endlich Alle zum Gehorsam.

Unter sich immer wiederholenden Gewaltthaten Frankreichs und unter endlosem Hader der einheimischen Parteien lief das Jahr 1798 zu Ende. Am Anfange des folgenden wuchs die Hoffnung der Mißvergnügten auf baldige Rettung durch Oester= reich. „Krieg", sonst ein von den Völkern gefürchtetes Wort, war hier zur freudigen Loosung geworden. Und der Krieg mit allen seinen Schrecken sollte schnell genug das Land erfüllen. Der deutsche Kaiser hatte schon im Oktober 1798 das Bündner= land besetzt. Jetzt, nach einer Niederlage der Franzosen bei Stockach in Schwaben (am 21. März 1799), drangen seine Heervölker gegen die Schweiz selbst vor. Erzherzog Johann stand schon in der Nähe Schaffhausens. Nun sollte wider ihn auch helvetische Miliz aufgeboten und schlagfertig gemacht werden. Aber es fehlte viel, ehe die ungeübten Schaaren geordnet und bewaffnet werden konnten. Die Regierung, welcher es an Geld im Schatze gebrach, lud zu Sammlung freiwilliger Gaben ein. Auch die Patrioten des Aargau's steuerten bei: so das Kantons= gericht 500 Frk., das Bezirksgericht Aarau 240 Fr., Chirurgus Dürr daselbst 32 Fr., und eine Frauengesellschaft eben so viel. Auf dem Lande dagegen war die Stimmung hie und da eine ganz andere. An einigen Orten harrte man nur des Signales zum Aufstande. Im Dorfe Erlinsbach, unweit Aarau, fielen Bauern über einzeln wandernde Franzosen her und ermordeten sie. An der Luzernergrenze brach förmliche Empörung aus, die sich über die Gemeinden des Kulmerthales, Menzikon, Reinach, Beinwyl, Leutwyl, Birrwyl und Zezwyl verbreitete. Die Landleute wüthe= ten gegen einander mit Mord und Brand. Der Regierungs= statthalter Feer ließ, um Sturmgeläute zu hindern, die Schwengel aus den Kirchglocken nehmen, und beorderte lemanische Truppen, die gerade nach Zürich marschieren sollten zur Entwaffnung der aufständischen Dörfer. Das Directorium gestattete ihm aber nur drei Compagnien davon zu behalten; die übrigen wurden nach Baden beordert. Dort sah es noch viel gefährlicher aus; neue Erpressungen durchziehender französischer Heerabtheilungen hatten die Bevölkerung aufs furchtbarste gereizt, und Rouvion, der Befehlshaber jener Gegenden, erwartete mit Sehnsucht Hülfs= truppen. Auch der Distrikt Zurzach befand sich in Gährung.

In den Wäldern fanden nächtliche Zusammenrottungen junger Leute statt, die zur Waffenerhebung entschlossen waren. Als der Statthalter Weber davon Kunde erhielt und zu Verhaftungen schreiten wollte, entflohen etwa Achtzehn der Schuldigsten auf einem Kahne, den sie zu Klingnau an der Fähre erhaschten, die Aare hinunter nach Waldshut.

Vom 18. Mai an erfolgte der Rheinübergang der kaiserlichen Heere an verschiedenen Orten, von Atzmoos im Sarganserlande hinweg bis Stein und Schaffhausen. Ins Gebiet des Kantons Baden setzten die Oesterreicher den 22. Mai bei Koblenz über. Der französische Obergeneral Massena aber ließ die helvetischen Truppen, welche zu Baden lagen, vereint mit fränkischen, sofort gegen Zurzach vorrücken und versprengte die Feinde bei Würelingen. Da die Schiffe und Flöße derselben ans rechte Rheinufer zurückgezogen waren, konnten sich die Fliehenden nicht retten und ihrer Viele wurden gefangen. Gleiches Schicksal erfuhren österreichische Schaaren, die bei Kaiserstuhl und Zurzach übergeschifft waren.

Doch waren das nur kleine und vorübergehende Vortheile, die Massena errang. Bis zum Anfange Juni's befand sich schon der ganze Osten Helvetiens in kaiserlicher Gewalt. Der fränkische Feldherr sah sich genöthigt, selbst Zürich zu verlassen und sich ans linke Limmatufer zurückzuziehen. Eine kurze Waffenruhe folgte. Vom Rhein bis zum Zugersee dehnten sich nun der Franken gewaltige Heerflügel aus. Täglich langten neue Verstärkungen vom Rheine und aus dem Innern Frankreichs an. Das Hauptquartier, anfänglich zu Bremgarten, wurde, als jene Gegend ausgezehrt war, den 20. Juni nach Lenzburg verlegt. Die Last der Einquartirung war in Städten und Dörfern fast erdrückend. Ueber willkürliche Erpressungen und selbst Mißhandlungen von Seite des Militärs erging viel Klage; Niemand beachtete sie. Die Stadt Baden sah ihre schöne, von Grubenmann erbaute Limmatbrücke, und das Kloster Wettingen die seinige, durch die Franzosen angesteckt, in Brand aufgehen, und sie mußten dazu schweigen; die Verbindung beider Stromufer zu zerstören, war es nothwendige Kriegsmaßregel. Und nicht nur die Bürger, selbst das helvetische Militär litt Noth. Seit

Monaten bezog es keinen Sold. Die Truppen, welche bei Kob=
lenz lagerten, schienen ganz vergessen worden zu sein. Dieses
Dorf war zwei Jahre früher abgebrannt und dadurch gänzlich
verarmt. Nun waren keine Lebensmittel aufzutreiben und die
Soldaten verhungerten beinahe. Ihrer Viele entwichen, sogar
auf den Rath einiger Officiere, sagt man, nächtlicher Weile in
ihre Heimathen. Ein Bataillon schmolz so auf 20 Officiere
und 300 Gemeine herab. Endlich erbarmte sich ihrer Lage der
Chef der hundert und zweiten französischen Halbbrigade und
schaffte ihnen Proviant; der Repräsentant Herzog von Effin=
gen einige Nachzahlung des Soldes.

Den 10. Juli kam Massena's Hauptquartier für einige Tage
nach Aarau; auf dem Felde gegen Suhr sollte ein Lager für
10,000 Mann Reserve ausgesteckt werden. Doch blieb keine
Muße mehr dafür; das große Schlachtspiel begann am 12. Juli
von Neuem; zwei der größten Kriegsmeister ihrer Zeit maßen
sich gegen einander. Erzherzog Karl, als er erfahren, daß
Massena seine Hauptmacht mehr gegen die Gebirge von Zug und
Schwyz zog, beschloß, an der untern Aare über den Fluß zu
gehen, um dem Gegner in den Rücken zu fallen. Zu seinen dorti=
gen Truppen stieß von Schaffhausen her der Russe Korsakow mit
20,000 Mann Fußvolk und Kosaken. Bei Kleindöttingen
sollte auf Schiffbrücken der Uebergang geschehen. In der Nacht
vom 16. auf den 17. August legten die Pontoniers Hand ans
Werk; doch war das Ufer hoch und gäh, der Ankergrund unsicher.
Bis zum Morgen konnten an der obern Brücke nur erst dreizehn,
bei der untern noch weniger Schiffe aneinander gereiht werden.
Die wenigen Franken, welche am andern Ufer lagen, alsbald auf=
geschreckt, ließen ihr Geschütz spielen; dafür steckten die Oester=
reicher mit Granaten das Dorf Kleindöttingen in Brand. Hier
waren es nun fünfzig Zürcher Scharfschützen, welche, unsterb=
lichen Andenkens, das Schicksal des Tages durch ihre Tapferkeit
entschieden. Hinter Bäumen und Erdhügeln gekauert, feuerten
sie ihre Stutzer ab, und die nimmerfehlenden Kugeln ließen
keinen der Brückenbauer seine Arbeit vollenden. Es ist fast
wunderähnlich, daß fünfzig entschlossene Männer eine Armee
von Fünfzigtausenden in ihrem Fortschritte hemmten. Der un=

aufhörliche Kanonendonner indessen mahnte die von Brugg bis
weit ins Frickthal liegenden Truppen der Franzosen auf, daß
sie im Eilmarsche dem bedrohten Punkte zu Hülfe kamen. Die
Generale Ney und Heudelet befehligten. Am Abend, als die
Kaiserlichen ihr Unternehmen vereitelt sahen, schlossen sie mit
Jenen eine Uebereinkunft, wonach sie ungefährdet ihre Schiffe
wieder ans Land ziehen durften.

Von da an zog sich der Kriegslärm mehr und mehr aus den
aargauischen Gegenden hinweg. Massena verließ die Schweiz
sogar für einige Zeit mit einer Heeresabtheilung, um an den
Rhein zu gehen. Erst im September kehrte er wieder und
schmetterte nun mit einem gewaltigem Schlag, in der Schlacht
bei Zürich den 25. September, die vereinigten Heere der Oester=
reicher und Russen darnieder. Die Folge davon war, daß die
ganze östliche Schweiz wieder zur helvetischen Staatsordnung
zurückgeführt wurde.

Die Regierung der Schweiz hatte sich schon den 31. Mai 1799
beim Herannahen des Feindes von Luzern nach Bern über=
siedelt. Allein auch hier fand sie keinen Frieden. Die lange
schon in der eigenen Mitte der Räthe glimmende Parteileiden=
schaft kam zum Ausbruche. Es geschah dies besonders, nach=
dem Napoleon Bonaparte, von seinem Zuge nach Aegypten heim=
gekehrt, das Vollziehungs=Directorium in Paris gestürzt und sich
mit Sieyes und Roger Ducos zum Consul der Republik auf=
geschwungen hatte. Da reifte auch in Bern der Plan, das Vielen
verhaßte Directorium der Schweiz zu verdrängen. Es geschah
den 7. Jänner 1800. Die alte s. g. Ochsische Verfassung ward
aufgehoben, eine neue dafür eingeführt und die oberste Regie=
rungsgewalt einem „Vollziehungsausschusse" anvertraut. An
die Spitze desselben trat der Aargauer Dolder, welcher zu jener
Aenderung am wesentlichsten beigetragen. Im Kanton Aargau
blieb Regierungsstatthalter Feer an seiner Stelle; ebenso im
Kanton Baden, wo der wackere Heinrich Weber in den Kriegs=
bedrängnissen des vorigen Jahres zurückgetreten war, der statt
seiner ernannte Pfenninger von Zürich. Beide Beamte hatten
vollauf zu thun, um die öffentliche Ordnung zu sichern. Bald
waren Ausreißerbanden der umliegenden Armeen aufzufangen;

bald ausgestreute Proklamationen der Oesterreicher zu unter=
drücken und Versuche zu Aufständen zurückzudämmen; bald die
Bürger gegen Gewaltthätigkeit des französischen Militärs zu ver=
theidigen. Auch war ein Theil des eigenen Volkes arg verwildert.
Viele Bürger der Städte und des Landes hatten sich gewöhnt,
Tage und Nächte bei Trunk und Spiel zu verschwärmen. Selbst
von Manchen des weiblichen Geschlechtes war die alte Zucht und
Sitte gewichen. Dazu kam zunehmende Verarmung vieler Fa=
milien und Gemeinden. Die Auflagen und Rückstände für obrig=
keitliche Kassen mußten oft mit Gewalt eingetrieben werden.
Ueberall kündete sich ein tiefversunkener Zustand.

Wäre die Einheitsregierung zu Bern fest gestanden, hätte
sie mit ausdauernder Volksliebe und Weisheit ihre Aufgabe er=
füllt, vielem Uebel hätte noch können begegnet werden. Allein
innerer Zwiespalt lähmte sie fort und fort. Nur sieben Monate
nach jener ersten Verfassungsänderung löste der Vollziehungs=
ausschuß gewaltsam den Großen Rath und den Senat auf (7. Aug.
1800) und berief an deren Stelle einen neuen gesetzgebenden
Rath von 43 Mitgliedern. Die Regierung selbst nannte sich
nun „Vollziehungsrath." Abermal ein Jahr später (den 7. Sep=
tember 1801) fiel auch diese Einrichtung wieder in Trümmer.
Es ward eine helvetische Tagsatzung in Bern versammelt, die
eine neue Verfassung für die Schweiz, die dritte in wenigen
Jahren, berathen sollte. Als diese Tagsatzung uneins wurde,
löste ein Theil des gesetzgebenden und des Vollziehungsrathes
jene Versammlung ebenfalls wieder gewaltthätig auf und gründete
einen „Senat" mit einem „Kleinen Rath." An die Spitze des
Letztern ward der Anführer der Schwyzer bei Rothenthurm,
Aloys Reding, als Landammann der Schweiz gestellt (28. Okt.
1801). Dies dauerte aber nur bis zum 17. April 1802. Eine
vierte Verfassung ward entworfen mit „Senat" und „Voll=
ziehungsrath" und nun Dolder, der in allen diesen Umwälzun=
gen die Rolle eines schlauen und gewandten Staatsmannes ge=
spielt, zum Landammann der Schweiz erkoren.

Die Parteien, welche bei diesen Bewegungen einander be=
kämpften und abwechselnd siegten und unterlagen, waren einer=
seits die Unitarier, Freunde der Einheitsregierung nach den

Grundsätzen der französischen Revolution und anderseits die Föderalisten, Anhänger der alten Bündnisse, worin jeder Kanton souveräne Gewalt behauptete. Zu den Letztern zählten besonders die Patricier der weiland aristokratischen Städte, ein Theil des Landvolkes und die Häuptlinge der Urkantone; zu Jenen die Bewohner der kleinern Städte und viele edelgesinnte und erleuchtete Patrioten. Das Volk sah im Allgemeinen jenen wiederholten Parteisiegen und Behördenwechseln mit stumpfer Gleichgültigkeit zu; brachte doch keiner derselben wesentliche Er= leichterung in seine Lage. Ja sogar alte Lasten wurden wieder neu eingeführt. Den 5. September 1800 hatte der gesetzgebende Rath die früher beschlossene Abschaffung der Zehnten und Grund= zinse widerrufen. In mehrern Gegenden der Schweiz, so in der Landschaft Basel, brachen darüber Aufstände aus. Auch im Aargau zeigte sich Neigung dazu; allein die Anwesenheit starker fränkischer Kriegsmacht hinderte den Ausbruch. Eine Ver= sammlung angesehener Landbesitzer im Wirthshause zu Schafis= heim, die sich über eine Bittschrift an die Obrigkeit berieth, führte zu keinem Erfolge.

Indessen hatte jene letzterwähnte helvetische Verfassungsän= derung auch auf die öffentlichen Einrichtungen der bisherigen Kantone Aargau und Baden wichtigen Einfluß. Denn durch das neue Grundgesetz wurden beide Theile, die somit über vier Jahre als eigene Verwaltungsprovinzen bestanden hatten, zu einem Ganzen verschmolzen, das von nun an den Namen Kanton Aargau tragen sollte. Viele in Baden und den freien Aemtern sträubten sich zwar dagegen, mit reformirten Gegenden vereint zu werden; allein eine angeordnete Abstimmung des Volkes selbst über den neuen Constitutionsentwurf gab den Aus= schlag. Jeder Bürger nach zurückgelegtem zwanzigsten Alters= jahre durfte mitstimmen, und wer von der Urversammlung aus= blieb, wurde als stillschweigend Annehmender betrachtet. Da das Ergebniß in ganz Helvetien der neuen Verfassung günstig ausfiel, wurde am 3. Juli 1802 deren Annahme öffentlich kund gethan. Dann übertrug der Senat in jedem Kanton einem Aus= schusse von Bürgern die Ausarbeitung der besondern kantonalen Verfassungen. Im Aargau hatten Zimmermann von Brugg,

Suter von Zofingen, Weber von Bremgarten und Baldinger von Baden die Vorarbeiten dafür zu machen. — Als Regie=rungsstatthalter functionirte in jener Zeit, nachdem Emanuel Feer, ein geschickter und thätiger Beamte, beim Regierungs=wechsel im October 1801 entfernt worden, dann Herzog von Effingen und nach diesem Hünerwadel von Lenzburg seine Stelle kurze Zeit versehen hatten, Bürger Rothpletz von Aarau.

Mitten in dieser trüben Zeit des innern Zwiespaltes, der Unstättigkeit der Behörden und des dabei zunehmenden Volks=elendes trat wie ein sonnenbeglänzter Punkt, der den Morgen einer bessern Zukunft verkündet, eine That des edelsten Bürger=sinnes hervor: die Gründung der Kantonsschule in Aarau. Mehrere Bürger dieser Stadt hatten längst den Mangel höherer Bildung für ihre Jugend gefühlt und jetzt umsomehr, da sich der Kanton Selbstständigkeit errungen hatte und fürderhin für seine Beamtungen wissenschaftlich=ausgerüsteter Männer bedurfte. Der gewesene Senator, Vater Joh. Rudolf Meyer, ging zur Gründung der neuen Anstalt mit gutem Beispiele voran, indem er, anfänglich auf die Dauer von sechs Jahren, 80 Louisd'or als jährlichen Beitrag unterzeichnete. Ihm folgten in schönem Wetteifer die angesehensten Familien Saxer, Frey, Herosee, Rothpletz, Pfleger und Andere nach; bald war kein Bürger, der nicht wenigstens auch ein Schärflein beitrug. So stieg die Summe der jährlichen Geschenke schnell auf 6982 Fr. Ein Verein von Frauen und Jungfrauen Aarau's verhieß Bekleidung dürftiger Schüler. Jeder Sohn eines Kantonsbürgers vom drei=zehnten Jahre an sollte an der Schule Theil nehmen dürfen. Weil vorerst nur wenige Lehrer mit Besoldung angestellt werden konnten, erboten sich auch andere Männer von Kenntnissen zur Ertheilung unentgeldlichen Unterrichtes. Das bisher in Aarau bestandene Erziehungsinstitut von Pfarrer Rahn schloß sich der neuen Einrichtung an. Am 6. Januar 1802 konnte die feier=liche Eröffnung der Schule geschehen. Vater Meyer, der Aelteste der Begründer, sprach dabei bedeutungsvolle Worte und hob mit Ernst hervor: „Die Furcht des Herrn ist der Weisheit Anfang!" Nach ihm sprach der erste Lehrer Hofmann. Pfarrer Rü=sperli von Kirchberg, einer der thätigsten Beförderer der Stif=

tung, damals Vorsteher des aargauischen Erziehungsrathes, wurde Präsident der Direktion. Ueber 40 Schüler sah man bei der Eröffnung gegenwärtig. Es war einer der schönsten Tage, den Aarau je erlebt, und das an ihm gepflanzte Senfkorn wuchs und gedieh zum Segen des Vaterlandes, alle politischen Stürme der Zeiten überdauernd.

Wir kehren von dieser schönen Erinnerung nur ungern zur Geschichte der unseligen Wirren Helvetiens zurück; allein es muß geschehen, weil sich nun in kurzer Zeitdauer entscheidungsreiche Ereignisse Schlag auf Schlag folgten.

Die Verfassung vom 17. April 1802, welche, wie erwähnt, Aargau und Baden in Eins verband, hatte wenig Aussicht auf Dauer, da nach dem Friedensschlusse in Amiens die Schweiz von den französischen Besatzungen unerwartet plötzlich geräumt und das Land auf einmal den wilden Parteiungen, die es im Innern zerwühlten, überlassen wurde (im August 1802). Bald, und ehe noch die letzten Truppen des Nachbarstaates die Grenzen hinter sich hatten, erhob sich maßloser denn je der Geist der Zwietracht in den helvetischen Gauen. Die Sendlinge altaristokratischer Familien von Bern, welche den Verlust des Aargau's noch nicht verschmerzt hatten, gingen wieder emsiger umher, um zur Rückkehr in die ehemaligen Verhältnisse zu werben. In den einstigen Aemtern Königsfelden, Kasteln, Wildenstein und anderwärts gährte es von Verschwörungen und Meuterei. Die Faden der geheimen Verbindungen lagen meist in den Händen des Bernerpatricier Rudolf v. Erlach, der anscheinend unthätig im Bade zu Schinznach saß. Auch im badischen Siggenthale bewaffnete sich die junge Mannschaft; ihr Wunsch war, einen eigenen Landsgemeindestaat zu bilden, wie die kleinen Kantone. Mißtrauen und Gesetzlosigkeit herrschte fast überall. Zofingen und Aarau gründeten Bürgerwehren zu ihrem Schutze. Die Festung Aarburg ward mit Vorräthen versehen; ihre Besatzung durch helvetische Truppen verstärkt. Statthalter Rothpletz verlegte auf Befehl der Regierung 56 Scharfschützen vom Zürichsee in die unruhige Gegend von Brugg. Kaum gelang es dem Unterstatthalter Speck in Kulm eine Dragonerwache von 30 Mann für Erhaltung der Ruhe zusammenzubringen.

Bei solchen allzuschwachen Vorkehren brach der lange vorbereitete Aufstand im September mit aller Macht aus. Zehn von Bern ausgesandte Officiere trafen im Aargau ein; ihnen liefen von allen Seiten Soldaten und andere Verschworne zu. Der erste Sturm eines Volkshaufens ging gegen Baden, wo die helvetischen Truppen kapitulirten und sich schleunig nach Aarau zurückzogen. Rudolf von Erlach, der sich an die Spitze des Ganzen gestellt hatte, besetzte das Fahr Windisch; dann nahm er Brugg weg, wo er vier Kanonen erbeutete und eine Besatzung zurückließ. Weiter ging der Zug nach Lenzburg, wo sich der Patrizier Goumoens mit Schaaren vom Hallwylersee mit ihm vereinigte. Alle Patrioten und helvetischen Beamten flohen oder wurden, wie Herzog von Effingen, gefangen. Ludwig May von Schöftland besetzte mit seinen Truppen Aarau. Ihnen folgte viel raublustiges Volk, Männer und Weiber, mit Säcken und Körben, um alte Rache an der Stadt zu nehmen. Doch wiesen die Führer der Aufständischen selbst jene Plünderungslüsternen zurück. Dagegen aber quartierten sich die Sieger in den Bürgershäusern ein, übten manchen Muthwillen und nahmen fünf Kanonen nebst Gewehren weg. Mit letztern bewaffnete sich die Mannschaft, welche bisher meist nur mit Stöcken versehen war. Man nannte daher auch später diesen Aufstand spottweise den „Stecklikrieg." Ueber Olten rückte dann Erlach nach Solothurn vor und nahm auch diese Stadt (am 17. September). Hier fand er bedeutendere Kriegsvorräthe, womit er seine Haufen versehen konnte.

Plötzlich erscholl aber die Nachricht, der General der helvetischen Truppen, Andermatt, sei über Baden und Mellingen ins Aargau eingedrungen. Ludwig Mai zog auf diese Kunde alle Mannschaft zusammen, die bei Brugg und in Aarau lag, besetzte das Schloß und die Höhen um Lenzburg und ließ, als Andermatt wirklich heranzog, die Allarmglocken in der ganzen Runde ertönen. Bald waren an 10,000 Landstürmer beisammen. Obgleich sie fast alle nur mit Sensen und Knitteln und Gabeln bewehrt waren, erschrak doch Andermatt an der Spitze seiner Truppen vor der Uebermacht. Er schloß daher feige eine Kapitulation mit den Aufrührern, ihn ungehindert nach Bern ziehen zu laſſen, wogegen er ſich verpflichtete, keinen Angriff gegen ſie zu unternehmen. Dann marſchirte er weiter. Erlach aber, zu Solothurn davon in Kenntniß geſetzt, und um Andermatt zu= vorzukommen, eilte mit ſeinem Heere nach Bern, das, nach einer ſchwachen Gegenwehr der dortigen helvetiſchen Beſatzung, ihm die Thore öffnete (den 20. September).

Die Regierung der Schweiz war ſchon mehrere Tage zuvor entflohen und hatte ſich zu Lauſanne angeſetzt. Sie war ſo alles Muthes und aller Kraft bar, daß ſie, obwohl noch über eine anſehnliche Truppenmacht gebietend, nicht mehr vermochte, ihre Rechte zu behaupten. Ihr entgegen hatte Aloys Reding eigenmächtig nach Schwyz eine Tagſatzung im Namen der fünf Kantone Uri, Schwyz, Unterwalden, Glarus und Appenzell berufen, welche ſich zur Aufgabe machte, die öffentliche Ge= walt der Schweiz an ſich zu reißen. Somit ſtanden ſich nun in Helvetien zwei Regierungen feindſelig entgegen. An den Senat und Vollziehungsrath in Lauſanne ſchloß ſich die patrio= tiſche und unitariſche Partei, zumal in der Weſtſchweiz an; an die Tagſatzung Redings die Föderaliſten und was immer ſonſt mit den Zuſtänden der Gegenwart unzufrieden war. Unter Letztern befand ſich auch der größte Theil der Bevölkerung Badens und der freien Aemter. Eine außerordentliche Gemeindscommiſſion der Stadt Baden lud Abgeordnete dieſer Gegenden zu einer Berathung über die Angelegenheiten des Lan= des ein. Von achtundachtzig Gemeinden erſchienen ſolche und faßten den Beſchluß: in Einem Kanton vereinigt zu bleiben, vom Aargau getrennt, mit dem Rechte, ſich bei der Auflöſung der helvetiſchen Republik ſelbſtſtändig eine Verfaſſung zu geben. Dieſem Beſchluſſe ward das Gelübde beigefügt, für Vertheidi= gung des gemeinſamen Vaterlandes Gut und Blut zu opfern. Man ſchloß ſich an Schwyz an, wohin als Geſandte Bal= dinger und Geißmann geſandt wurden, und ernannte eine einsweilige Regierung.

In Bern hatte ſich gleichzeitig wieder die alte, ehemalige Regierung, „Schultheiß, Räthe und Burger der Stadt und Re= publik Bern" gebildet. Eine Publikation lud Aargau ein, ſich anzuſchließen. Auch in der Waat machten die Truppen der

Föderirten Fortschritte. Wifflinsburg, Peterlingen und Milden fielen in ihre Hände. Da machte sich die helvetische Regierung zitternd bereit, den Boden des Vaterlandes zu verlassen und den Schutz Frankreichs anzuflehen. Aber jetzt erscholl plötzlich ein mächtiges Halt! von Westen und Alles nahm unerwartet eine andere Wendung.

Napoleon Bonaparte, damals der erste Consul Frankreichs, schrieb nämlich aus seinem Schlosse St. Cloud den 30. Septbr. an die Kantone: „Ich werde der Vermittler Eures Zwistes sein. Alles was unter Waffen ist, soll auseinander gehen. Nur Truppen, die länger als sechs Monate bestehen, bleiben beisammen. Die Regierungsstatthalter treten wieder in ihre Stellen." General Rapp, der Ueberbringer dieser Befehle, hieß die Tagsatzung in Schwyz sich auflösen und ihre Truppen entlassen. Als nicht alsbald gehorcht wurde, rückte die hundert und vierte fränkische Halbbrigade in die Schweiz wieder ein. Da erst unterzog sich die Tagsatzung der Föderalisten (den 27. Oktober). Die Hauptführer derselben, darunter auch der Präsident der einsweiligen Regierung von Baden, Karl Reding, wurden geraume Zeit als Geiseln für die öffentliche Ruhe auf der Festung Aarburg gefangen gehalten. In den Kantonen aber kehrte Alles zur vorigen Ordnung zurück und das Schweizervolk erwartete schweigend, was Napoleon über es verhängen würde.

Das Frickthal während der Helvetik.

Schon einige Monate vor der Eroberung der Schweiz im Jahre 1798 waren Schritte in Bezug auf das Frickthal geschehen. Im Frieden zu Campo Formio nämlich riß Bonaparte, damals noch General, im Namen des französischen Directoriums diese ganze, am linken Rheinufer gelegene Landschaft von der österreichischen Monarchie los und verhieß sie der helvetischen Republik einzuverleiben (Artikel VI des Vertrags vom 17. Okt. 1797). Dasselbe ward drei Jahre später im Friedensschlusse

4

von Lüneville (Art. 11 des Vertrags vom 9. Febr. 1801) wie=
berholt. Allein thatsächlich wurden in dieser Zwischenzeit die
österreichischen Beamten der untern Verwaltung noch immerfort
beibehalten, während Frankreich zuweilen Aufträge an sie erließ.
Grund davon war, weil Napoleon über Wichtigerm versäumte,
das Schicksal des kleinen Landes fest zu ordnen. Diese Unent=
schiedenheit der Verhältnisse wurde dem Frickthal zur Quelle
zahlloser Leiden. Denn nun wurde es in jenen Kriegszeiten
bald von Franzosen, bald von Oesterreichern auf ihren Durch=
zügen fast wie herrenloses Gut behandelt und mit Erpressungen,
wie wenige andere Gegenden der Schweiz, heimgesucht.

Eine andere Folge dieses Zustandes war dann auch, daß die
Handhabung der höchsten Gewalt eine Zeit lang fast ganz in die
Hände eines Einzelnen überging. Es war dies Dr. Sebastian
Fahrländer von Ettenheim, gewesener Stadtphysikus in Walds=
hut, welcher den 6. Jänner 1802 den von ihm nach Laufenburg be=
rufenen Ortsvorstehern anzeigte, daß er als Abgeordneter des
französischen Ministers Verninac die Verwaltung des Frick=
thales zu übernehmen habe. Darauf löste er das noch bestehende
k. k. Oberamt in Rheinfelden auf und vereinigte die bisherigen
ständischen Mitglieder zu einer provisorischen Vollziehungscom=
mission. In einer spätern Kundmachung vom 15. Februar, die
er als Statthalter des Frickthales unterzeichnete, erklärte er das=
selbe für frei und unabhängig unter französischem Schutze, und
berief einen Landtag, um den Entwurf einer Kantonsverfassung
zu berathen. Bei diesen Verhandlungen war ein französischer
Commissär, De la Haie, anwesend. Die Verfassung wurde
zwar angenommen, trat aber nie in allen ihren Bestimmungen
ins Leben.

Es war schon von Anfang an gegen die Fahrländersche
Verwaltung von zahlreichen Gegnern protestirt worden. Als
nun Verninac in einem Schreiben bemerkte, er wisse nicht,
in wessen Namen Dr. Fahrländer sich zum Schiedsrichter über
die Interessen des Frickthales aufwerfe und zugleich einige Ver=
fügungen desselben nichtig erklärte, stieg das Mißtrauen. Zwar
begab sich der Statthalter an der Spitze einer von ihm er=
nannten Abordnung selbst nach Bern zum französischen Mini=

ster, um ihm für dem Lande erwiesene Gunstbezeugungen zu danken; allein das bei diesem Anlasse Verninac gegebene Geschenk von reichem Silberwerth, so wie die Kunde von andern außerordentlichen Geschenken und Gratificationen auf Kosten der öffentlichen Kasse, brachten vollends den Unwillen seiner Gegner zum Ausbruche. Im September wurden zwei Abgeordnete, Fetzer und Jehle, nach Bern gesandt, um Beschwerde zu führen. Da sie die dortigen Behörden gerade von dem föderalistischen Aufruhr bedrängt fanden und daher wenig Gehör erhielten, so wurde nach ihrer Rückkehr ein Landtag nach Frick versammelt und von diesem eine einsweilige Landesverwaltung aufgestellt, die bisherige Regierung dagegen entsetzt. Fahrländer reiste klagend nach Lausanne, wohin sich die französischen und helvetischen Behörden inzwischen geflüchtet hatten und kehrte mit einem Schreiben Verninacs zurück, worin die neue Behörde als eine empörerische behandelt wurde. Dann stellte er sich wieder an die Spitze der Geschäfte. Die Gegner blieben aber nicht müßig, setzten Fahrländer in bürgerlichen Haft und erwirkten beim Minister zu Lausanne eine genauere Untersuchung der Sache. In Folge derselben wurde Fahrländer seiner Statthalterschaft entlassen, später sogar in Anklagezustand versetzt und angewiesen, das Frickthal zu meiden.*) Abermals wurden neue Behörden aufgestellt; aber der Zustand blieb ein provisorischer, weil gerade in jenen Tagen Napoleon das Wort der Vermittlung in den schweizerischen Händeln ausgesprochen und nun auch das Frickthal seines Entscheides harren mußte.

Die Vermittlung (Mediation).

Bei allen Einsichtigern war der Kummer ob der Zerrissenheit des Vaterlandes und der Unglaube an seine Wiedererhebung aus eigener Kraft so groß geworden, daß die Verheißung Napoleons freudig als ein Rettungsbalken im Sturm ergriffen

---

*) Nach Bürgermeister Fetzers Memoiren.

wurde. Allwärts sammelten sich in der ersten Novemberwoche 1802 die Kantonaltagsatzungen zur Bezeichnung von Abgeord= neten, welche nach Paris reisen sollten, um am Vermittlungs= werke als Consulta mit zu helfen. Vom Aargau wurden er= koren: Suter von Zofingen, Präsident der Verwaltungskammer; Johann Heinrich Rothpletz von Aarau, ehemaliger helv. Finanz= minister; Albrecht Rengger von Brugg, ehemal. Minister des Innern, der jedoch nicht annahm; Philipp Albert Stapfer von Brugg, ehemal. Minister der Künste und Wissenschaften, damals in Paris; Strauß von Lenzburg und Hunziker von Aarau, beide zu Paris wohnend; Melchior Lüscher von Entfelden, ehemal. Senator; Statthalter Welti von Zurzach; Heinr. Weber, ge= wesener Statthalter von Baden. Das Frickthal sandte Baptist Jehle von Olsberg und Joseph Friedrich von Laufen= burg. Sie trafen mit den übrigen schweizerischen Deputirten — 63 an der Zahl — in Paris ein. Walteten auch verschiedene Parteimeinungen unter denselben, so beseelte sie Alle doch Eine Liebe zum Vaterlande. Vier Bevollmächtigte des ersten Consuls, Fouché, Röderer, Barthelemy und Demeunier, empfin= gen und begrüßten sie. Ein Schreiben Napoleons wurde ihnen vorgelesen, worin gesagt war: „Die Lage der Schweiz ist ge= fährlich; um sie zu retten, ist Mäßigung, Klugheit und Auf= opferung der Leidenschaften nothwendig. — Die Natur hat euch Schweizer zum Föderativstaate gebildet und die Natur zu be= siegen, sucht kein kluger Mann." Schon diese Eröffnung be= wies, daß die Einheitsrepublik ihr Ende erreicht habe.

Zwei Tage später, den 14. Dezember, empfing Napoleon selbst einen Fünferausschuß der schweizerischen Abgeordneten im Schlosse zu St. Cloud in feierlicher Sitzung, umgeben von seinem Hof= staate. Er sprach unter Anderm: „Die Einheitsregierung be= darf einer stehenden, bewaffneten Macht. Diese will besoldet sein und dazu reichen eure Finanzen ohne drückende Abgaben nicht aus. Euere Berge könnt ihr nicht mitmarschiren machen und außer denselben bedeutet euer Milizwesen nicht viel. — Ihr sollt keine thätige Rolle in Europa spielen; ihr bedürfet der Ruhe, der Unabhängigkeit und einer von allen euch umgebenden Mächten anerkannten Neutralität." Dann fügte er noch am

Schlusse bedeutungsvoll bei: „Die Schweiz soll die französischen Grenzen bedecken. Euere Politik fällt wesentlich mit derjenigen Frankreichs zusammen." — Später erhielten seine Bevollmäch= tigten Auftrag, die Denkschriften der Schweizer zu prüfen und die Unterhandlungen einzuleiten. Verschiedenartige Wünsche kamen da zur Sprache. Die Frickthaler hofften als eigener Kanton anerkannt zu werden. Als dies verworfen wurde, soll= ten sie zu Basel kommen; allein Bürgermeister Sarasin von dort widerstrebte einer Vergrößerung seines Kantons durch ein katholisches Land. Die Gesandten Aargau's hatten dagegen zur Aufgabe, sich gegen eine Wiederverschmelzung mit Bern aus Kräften zu stemmen und dafür einer bleibenden Verbindung mit dem Kanton Baden das Wort zu reden.

Nach zwei und einem halben Monate endlich vernahm man, das Werk der Vereinbarung sei geendet. Am 19. Februar 1803 wurde wieder ein Zehnerausschuß der Deputirten *) vor den ersten Consul berufen, der sie mit noch majestätischerem Pompe als das erste Mal in den Tuilerien empfing. Napoleon sprach mit Ernst und Feierlichkeit und übergab die neue Verfassungsurkunde der Schweiz als eine Friedenspalme, in deren Schatten das kranke Vaterland wieder genesen sollte. Nachdem b'Affry von Freiburg dem hohen Vermittler im Namen Aller den Dank bezeugt, und dieser ihn zum Landammann der Schweiz ernannt, wurden die Abgeordneten entlassen und in den sog. Saal der Ambassadoren geleitet, wo die Unterzeichnung der Urkunde stattfand. Einige Tage später eilten Alle wieder der Heimath zu, um ihr das ersehnte Friedenswerk zu bringen.

Das Grundgesetz der Mediation stellte eine Eidgenossenschaft von neunzehn Kantonen auf, bestehend aus den frühern dreizehn alten Orten mit den neuen Kantonen Graubünden, Aargau, Waat, St. Gallen, Thurgau und Tessin. Jedem Kanton war seine Verfassung vorgeschrieben. Jedes Vorrecht der Städte und Familien blieb aufgehoben und die Unterthanenschaft gänz=

---

*) Ludwig d'Affry, Peter Glutz, Emanuel Jauch, H. Monod, Reinhard, Sprecher=Bernegg, P. A. Stapfer aus Aargau, Paul Usteri, R. von Wattenwyl, Ignaz von Flüe.

lich vernichtet. Alle Schweizer genossen gleiches Recht und die
Freiheit des Gewerbs und der Niederlassung im ganzen Lande.
Die Angelegenheiten gesammter Eidgenossenschaft sollten abwech=
selnd zu Freiburg, Bern, Solothurn, Zürich und Luzern auf Tag=
satzungen behandelt werden. Das Haupt des jeweiligen Vororts
hieß „Landammann der Schweiz". Er hatte die Geschäfte des
Bundes zu leiten und mit den Gesandten auswärtiger Mächte
zu verkehren. Uebrigens war jeder Kanton souverain mit eigener
Gesetzgebung und eigener Obrigkeit.

Der nunmehrige Kanton Aargau bestand aus einer Ver=
schmelzung des altbernerischen Theiles, der Grafschaft Baden
und der freien Aemter und des neuhinzutretenden Frickthales.
Anfänglich wurden zehn Bezirke angenommen, später dann nach
der Trennung des Frickthales in die zwei Bezirke Laufenburg
und Rheinfelden, eilfe. Diese wurden in 48 Kreise getheilt.
Bei der nähern Bestimmung der Grenzen fiel auch noch der obere
Theil des ehemaligen Amtes Aarburg, die jenseits der Wigger
gelegenen Ortschaften Brittnau, Strengelbach, Niederwyl, Ryken
und Glashütten, welche während der Helvetik zum Kanton Bern
gezählt hatten, an Aargau. Dagegen trat dieser das Amt Hitz=
kirch, welches bis dahin einen Theil des Kantons Baden bildete,
an Luzern ab. Merischwand, sonst zu Luzern gehörig, wurde
an Aargau überlassen. Ebenso sollten die Dorfschaften Dietikon,
Schlieren, Oettwyl und Hüttikon zum Kanton Zürich geschlagen
werden.

Zur Einführung der Verfassungen waren schon zu Paris
Regierungs=Commissionen bestellt worden. Bonaparte behielt
sich vor, die Vorsteher derselben zu bezeichnen; die sechs andern
Mitglieder wurden von jenem Zehnerausschuß der Consulta er=
nannt. Der Aargau erhielt Dolder zum Präsidenten, als
dessen Beisitzer Doctor Dorrer von Baden, Ringier=Seel=
matter von Zofingen, Rengger von Brugg, Rothpletz von
Aarau, Suter von Zofingen und Friedrich von Laufenburg.

Den 12. März 1803 hielt diese Regierungs=Commission zu
Aarau ihre erste Sitzung. Franz Ludwig Hürner von Aarau
ward ihr Oberschreiber. Alle bisherigen Beamten des Landes
wurden angewiesen, ihre Rechnungen abzuschließen und ihre

Caſſen zu Handen der Kantonsverwaltung zu übergeben. Das
Landeswappen erhielt ſeine gegenwärtige Zeichnung: drei Sterne
im blauen, einen Strom im ſchwarzen Felde. Dann wurde Ein=
leitung zu den Wahlen der Mitglieder des Großen Rathes ge=
troffen, und als ſich derſelbe conſtituirt hatte (den 15. April),
durch ihn verfaſſungsgemäß Kleiner Rath*) und Appellations=
gericht beſtellt. Die Uebergabe der Geſchäfte der einsweiligen Re=
gierungscommiſſion an den Kleinen Rath geſchah den 28. April.
Am gleichen Tage erließ Letzterer ein Dankſchreiben an den erſten
Conſul Frankreichs, worauf dieſer mit Ermahnungen zur Ein=
tracht antwortete. Den Klöſtern wurde ihr Vermögen wieder
zurückgegeben, und für die katholiſchen Mitglieder der Regie=
rung in der reformirten Kirche zu Aarau der Chor zum Got=
tesdienſte eingerichtet. Am 1. September begann die Huldigung
des Volkes unter die neue Verfaſſung. Damit war die Con=
ſtituirung des Kantons Aargau vollendet.

Ueberſicht der Ereigniſſe von 1803 — 1853.

Es liegt nicht im Zwecke dieſer Blätter, der Erzählung vom
Entſtehen des Kantons auch noch eine ebenſo ausführliche Chronik
von deſſen Schickſalen während des erſten halben Jahrhunderts
ſeines Beſtandes anzureihen. Einige Andeutungen, die wenig=
ſtens den Hauptfaden der Geſchichte bis auf heute fortführen,
mögen hier genügen.

---

*) Der Kleine Rath ward beſtellt aus: Joh. Rud. Dolder von Möri=
kon, geweſener Landammann der Schweiz, als Präſident, Carl Re=
ding von Baden, Carl Fetzer von Rheinfelden, Peter Suter von
Zofingen, B. C. Attenhofer von Zurzach, Joſeph Friedrich von
Laufenburg, Ludwig May von Schöftland, Joſ. Anton Weißenbach
von Bremgarten und Gottlieb Hünerwadel von Lenzburg. — Rudolf
Kaſthofer von Bern und Aarau ward zum Staatsſchreiber ernannt.
Nach Dolders Hinſcheid (am 17. Februar 1807) wurde der geweſene
Repräſentant Johannes Herzog von Effingen ſein Nachfolger.

Unter der Mediations=Verfassung verlebte der Aargau eilf glückliche Jahre. Fast unberührt von den Stürmen, welche während Napoleons Eroberungskriegen das übrige Europa erschütterten, hatte er Zeit, sich im Innern zu befestigen und manche Wunden aus den Tagen der Revolution und Helvetik zu heilen. Die Staats=, Bezirks= und Gemeindebehörden wurden überall neu geordnet, und manche sonstige Einrichtungen getroffen, die zum Wohle des Landes dienten. Der Kleine wie Große Rath, Dolder an der Spitze, zeigten sich thätig. Die so schwierigen Abrechnungen über das Staatsvermögen mit Bern für den reformirten Landestheil und mit dem Großherzoge von Baden, an den das Breisgau gekommen war, für das Frickthal gediehen, obwohl erst nach mehrern Jahren, zu glücklichem Ende. Im Februar 1804 rief Napoleon, welcher im nämlichen Jahre den fränkischen Kaiserthron bestieg, seine letzten Truppen aus der Schweiz nach Hause. Dessen ungeachtet äußerte sich sein Machteinfluß auf uns noch immerfort in nicht kleinem Maße. Es zeigte sich derselbe zumal in dem Freundschafts= und Schutz=vertrage, den er mit der Schweiz im September 1803 schloß, und demzufolge Letztere die Anwerbung von 4 Regimentern zu je 4000 Mann unter ihrer Bevölkerung gestatten mußte. Mancher aargauische Jüngling blutete nun für den kaiserlichen Adler auf fremden Schlachtfeldern. Zur Handhabung der Ruhe im Innern ward von der Regierung des Kantons eine Standescompagnie errichtet. Zur Wohlfahrt des Landes gedieh aber besonders manche heilsame Verbesserung im Schulwesen. Die Kantonsschule blühte unter Rector Evers als eine der besten Unterrichtsanstalten in der Schweiz; sie ward von Schülern aus allen Gegenden des Vaterlandes besucht. Auch das Damenstift Olsberg erhielt nach Pensionirung der Aebtissin und der Stifts=frauen eine höhere Bestimmung; es wurde zur Erziehungsanstalt aargauischer Töchter umgewandelt. In Lenzburg nahm ein Schullehrerseminar seinen Anfang. Und nicht nur von Seite der Regierung geschah viel Volksgutes; auch Privatmänner wetteiferten mit ihr in gemeinnützigem Streben. Besonders geschah dies durch die Gesellschaft für vaterländische Cultur, die, im Jahre 1810 gegründet, sich von Aarau aus bald über den

Kanton verbreitete und neben Gründung vieler wohlthätiger Stiftungen auch Namhaftes zur Befreundung der Bürger aus allen Bezirken beitrug.

So friedlich und glücklich im Ganzen die Mediationszeit verlief, so wurde doch das Gefühl der Abhängigkeit von Frankreich immer drückender, zumal da der Kaiser stets neue Söldnertruppen von der Schweiz forderte. Nun geschah es aber, daß Napoleons steigender Uebermuth von Gottes Gerichten schwer gezüchtigt wurde. Er hatte sich vermessen, ins Herz des gewaltigen Russenreiches zu bringen und hier vernichtete, nach dem Brande von Moskau, Winterfrost fast sein ganzes, unermeßliches Kriegsheer. Unglück über Unglück folgte ihm nun bis nach Frankreich; ganz Europa erhob sich wider den bisherigen Unterdrücker. Zu seinem Sturze verbündeten sich die Mächte Oesterreich, Preußen und Rußland und zogen mit ihren Armeen gegen Frankreich. Die Schweiz erklärte in diesem neuen gewaltigen Völkersturm ihre Neutralität, berief die Regimenter aus Frankreich zurück und besetzte die Rheingrenze mit Truppen. Allein es zeigte sich, daß die Schweizerbehörden zu schwach waren, ihrer Neutralitäts-Erklärung Nachdruck zu schaffen. Einige Parteimänner, Anhänger des Alten, meist aus den Adelsgeschlechtern Berns, betrieben zu Waldshut verrätherische Unterhandlungen mit Oesterreich. Immer dichter drängte sich dessen Heeresmacht gegen Laufenburg, Rheinfelden und Basel heran. Der schweizerische Obercommandant von Wattenwyl, ohne förmliche Uebereinkunft abzuwarten, öffnete ihr (den 13. December 1813) die Grenzen des Vaterlandes. Mit tiefem Ingrimm in der Brust, aber machtlos, den einbrechenden Strom abzuwehren, kehrten die aufgestellten Truppen zurück. Und nun wälzten sich die fremden Heeresmassen unter dem Fürsten von Schwarzenberg über unser Gebiet; tödtliche Seuchen begleiteten ihren Zug.

Alle Gegner der freisinnigern Einrichtungen, wie sie die Mediation gewährt hatte, hoben frohlockend wieder ihr Haupt. Statt des bisherigen französischen, machte sich nun der österreichische Einfluß auf die eidgenössischen Staatsverhältnisse mit Macht geltend. Von der Tagsatzung in Zürich wurde die Vermittlungsurkunde Napoleons zernichtet; aber was nun weiter

geschehen sollte, darüber herrschte Zwiespalt. Bern machte seine
alten Ansprüche an Aargau und Waat geltend. Zug wollte sich
durch die obern freien Aemter vergrößern. Die Glarner forderten
Ersatz für ihre ehemalige Mitherrschaft über Baden und ebenso
die Urkantone Entschädigung für die Rechte, die sie in der Re=
volution von 1798 über die Landvogtei verloren hatten. So
war der Kanton Aargau bedroht, wieder in seine frühern Stücke
zerrissen zu werden. In Aarau bildete sich deßhalb zum Schutze
des Landes ein Freicorps; man rüstete sich bald allerwärts;
große Begeisterung herrschte unter der Jugend zur Behauptung
der Unabhängigkeit und nur selten wurden vereinzelte Stimmen
zu Gunsten Berns laut. Indessen sollte diese Lebensfrage des
Aargau's nicht mit dem Schwert in der Faust entschieden wer=
den, sondern durch diplomatische Unterhandlung. Der Kanton
sandte den Dr. Rengger von Brugg ins Hauptquartier der
verbündeten Monarchen, welche indessen Napoleon gestürzt und
nach Elba ins Exil gesandt hatten, um bei deren Ministern die
bleibende Selbstständigkeit des Kantons zu erwirken. Hier war
es nun vorzüglich der Waatländer Laharpe, einst der Erzieher
Kaiser Alexanders von Rußland, später Mitglied des helvetischen
Directoriums, einer der edelsten Freiheitsmänner der Schweiz,
welcher sein Gesuch unterstützte. Ihm und seinem Einflusse bei
jenem Kaiser danken Aargau und Waat ohne Zweifel, daß sie
in dieser Entscheidungszeit gerettet wurden. An dem bald dar=
auf folgenden Congresse zu Wien wurden die Zerwürfnisse voll=
ends geschlichtet und Berns Aristokratie mußte sich endlich, ob=
wohl erst nach langem Widersträuben, in das Unabwendbare
ergeben.

Indessen hatte auf Antrieb der Tagsatzung eine Commission
von Aargauern eine neue Kantonsverfassung entworfen. Vieles
behielt sie von der Mediation bei; jedoch übte der veränderte
Geist der Zeit unzweideutigen Einfluß auf ihre Arbeit. Am
4. Juli 1814 wurde dieses Constitutionswerk vom Großen Rathe
angenommen und dann der Tagsatzung vorgelegt. Das Volk
wurde darüber nie befragt. Ein neuer Bundesvertrag kam erst
nach langen Unterhandlungen zu Stande, und erhielt die Zu=
stimmung der Tagsatzung den 9. September 1814. Durch ihn

ward die bisherige Eidgenossenschaft von neunzehn Kantonen durch den Hinzutritt von Genf, Neuenburg und Wallis zu einem Bunde von zweiundzwanzig erweitert. Aber die Fest= setzung einer nach Instruktionen stimmenden Tagsatzung, die er= weiterte Souverainität der Kantone, die ausgesprochene Garantie der Klöster und Anderes mehr, lähmte und zersplitterte von vorne herein die Kraft des Bundeslebens, und eine Saat späterer Zer= würfnisse war damit schon wieder ins Schweizervolk ausgestreut.

Der nun kommende Zeitraum der Restauration, wie man ihn nannte, dauerte sechszehn Jahre. Während derselben führte unterwürfige Furcht vor der heiligen Allianz, jenem Bund der Fürsten, welche nach Ueberwindung Frankreichs Europa das Gesetz dictirten, in den eidgenössischen Regierungen eine Haupt= stimme. Daneben zeigte sich vielfach Sehnsucht nach Rückkehr in Zustände, ähnlich, wie sie vor 1798 gegolten hatten. Auch selbst im Aargau war dies, wenigstens zum Theil, der Fall, ob= gleich er als Kind der Revolution, als neuer Kanton ohne alt= patricische Geschlechter am wenigsten dafür berufen oder geeignet schien. Bald ward Klage laut über die gegenüber den fremden Mächten allzuwillfährige Censur, welche die freie Presse beengte; bald über Maßregeln des Kleinen Rathes, welcher beinahe alle Macht des Staates an sich gerissen, so daß die Stellvertreter des Volkes im Großen Rathe daneben oft nur eine Schattengewalt besaßen. Es gab auch Beamte, die sich hochfahrend gegen das Volk benahmen, oder solche, die ihre Verwandten bei Stellen= besetzungen auffallend begünstigten. So schien sich allmälig eine neue Aristokratie bilden zu wollen, wozu mangelhafte Bestim= mungen in der Verfassung fördernd mithalfen. Allein neben diesen offenbaren Schattenseiten der damaligen Zustände konnte nicht geläugnet werden, daß die Verwaltung im Allgemeinen wohl geleitet wurde, und daß sonst manches Gute und Löbliche in Schulen und andern Anstalten der öffentlichen Wohlfahrt zu Stande kam. Es sei hier auch Erwähnung gethan der Grün= dung der Gewerbsschule in Aarau (im Jahre 1827) durch wahr= haft fürstliche Schenkungen zweier edelgesinnten Bürger dieser Stadt, und des mehrjährigen Wirkens des bürgerlichen Lehrer= vereins, in welchem viele Jünglinge der Schweiz zu höherm

Wissen und hellern Ansichten gebildet wurden. Wie stark der schweizerische Volksgeist im Aargau sich regte, beweist die Grün= dung der eidgenössischen Freischießen in Aarau (im Jahr 1824). Ebenso hell flammte derselbe während der Bisthumsverhandlun= gen mit Rom. Hierüber einige nähere Worte:

Das Frickthal stand von Langem her in geistlichen Dingen unter der Leitung der Bischöfe von Basel; die übrigen katholischen Bezirke gehörten zum uralten Bisthume Constanz. Beide waren nicht unmittelbar vom Papste, sondern Basel vom Erzbischofe zu Besançon, Constanz von jenem zu Mainz ab= hängig. In Folge der Ereignisse, welche der französischen Staats= umwälzung folgten, lösten sich mehrere außer der Schweiz ge= legene Gegenden von diesen Bisthümern ab. Schon deshalb schien eine neue Anordnung Bedürfniß. Allein so lange Na= poleons Mediation bestand, getraute sich die päpstliche Curie nicht Hand anzulegen, obwohl ihr der Freisinn, welcher Dal= berg's und seines Provikars, Heinrich von Wessenberg, Verwaltung des Bisthums Constanz durchdrang, längst anstößig war. Nach Napoleons Sturz aber, und nachdem die Kirchen= macht wieder größern Einfluß gewonnen, auch der Jesuitenorden in die Schweiz eingeführt war, begann die Ausführung weit= aussehender Pläne. Die Schweiz sollte in kleinere Bisthümer zersplittert werden, die unmittelbar vom päpstlichen Stuhle ab= hingen (Immediatsbisthümer). An der Stelle eines von den einsichtsvollern Katholiken vergeblich gewünschten schweizerischen Erzbischofes sollte der römische Nuntius stehen. Zur Ausfüh= rung dieses Werkes wurden schon im Jahre 1815 die Schweizer= kantone, die dazu gehörten, von Constanz durch ein päpstliches Breve losgerissen. Diesem Schritte folgten weitere Unterhand= lungen, die sich jedoch sehr in die Länge zogen. Erst im Jahre 1828 gelang es, ein Concordat vorzulegen, wonach Luzern, Solothurn, Bern, Zug, Aargau, Basel und Thurgau zu einem neuen Bisthum Basel vereinigt wurden. Der Bischof sollte in der Stadt Solothurn seinen Sitz haben. Im Entwurfe waren aber gerechte und billige Forderungen der Regierungen unbe= achtet geblieben, und offenbar stand die Gewalt des Staats dem Papste gegenüber im Nachtheil. Die meisten Kantone nahmen

daher diesen Vertrag nur mit Sträuben und unter Vorbehalt
an. Als nun die Angelegenheit vor den Großen Rath des
Aargau gelangte (14. Februar 1828), da kam jener erwähnte
Augenblick begeisterten Aufschwunges, der bewies, wie tief der
Sinn für Unabhängigkeit von kirchlichem wie von politischem
Herrenthum in den Gemüthern wurzelte. Das Concordat wurde
glänzend verworfen, und das ängstlich des Entscheides harrende
Volk vernahm es mit lautem Frohlocken. Indessen dauerte dieser
Triumpf nicht lange. Rom machte einige Zugeständnisse und
obwohl der Entwurf in der Hauptsache der nämliche blieb, er-
theilte ihm der Große Rath noch im gleichen Jahre (den 10. No-
vember) seine Genehmigung.

Das Jahr 1830 erschien, und nun plötzlich verwandelte sich
wieder die Gestalt der Dinge durch halb Europa. Wie ein
Alles erschütternder Donnerschlag brach die Juliusrevolution zu
Paris in den bisher scheinbar friedlichen Weltgang ein. Frankreich vertrieb das königliche Geschlecht der Bourbonen, welches
nach Napoleons Verbannung den Thron bestiegen hatte. Aufstände in Belgien, Deutschland, Polen, in den italischen Staaten folgten nach. Auch die Schweiz gerieth in feurige Erregung.
Hatte sie von 1798 bis 1813 die Abhängigkeit von Frankreich
und von da an bis 1830 jene der heiligen Allianz mit dem Unmuthe beleidigten Nationalgefühls getragen, so schien nun endlich der Augenblick zur Abwerfung jeden fremden Joches gekommen. Als nächstes, dringendes Bedürfniß galt die Abänderung
der unvolksthümlichen, im Jahr 1814 unter dem Drohen aus-
ländischer Bajonette eingeführten Kantonalverfassungen. Weiter
dann ging die Sehnsucht vieler patriotischer Herzen nach Verbesserung der Constitution des eidgenössischen Bundes.

Aargau schritt auch jetzt wieder den meisten übrigen Kantonen mit seinem Beispiele voran. Bittschriften an die Regierung, die Verweigerung von Neuwahlen in den Großen Rath
in mehrern Bezirken, dann (am 7. Nov. 1830) eine Volksver-
sammlung zu Wohlenschwyl bewiesen, wie ernst es mit den
Volksbegehren gemeint sei. Der Große Rath gestand zwar nun
die Wahl eines Verfassungsrathes zu, aber ein Vorbehalt in
dem erlassenen Decrete, wonach die Vorschläge dieser Behörde

vom Großen Rathe wieder abgeändert werden durften, ver-
mehrte nur die Gährung. Im freien Amte kam es zum Aufstand. Den 6. December brach der Landsturm von dort, unter
Anführung Heinrich Fischer's von Merischwand, mit Zuzügern
aus andern Gegenden wider Aarau auf. Die ihm entgegen ge-
stellten Truppen der Regierung, ohne Vertrauen in ihre Sache,
wichen auf dem Felde bei Lenzburg nach den ersten gewechselten
Schüssen zurück. Nun besetzte der Landsturm Aarau, ohne jedoch
Gewaltthätigkeit zu üben, und der wieder zusammenberufene Große
Rath bewilligte (den 10. Dec.) alle Volkswünsche. Ein Ver-
fassungsrath wurde gewählt und begann die Arbeiten. Sein
Entwurf einer Verfassung, auf ganz volksthümlichen Grundlagen
ruhend, erhielt (den 6. Mai 1831) bei der Abstimmung der
Kreise die übergroße Mehrheit und ward durch die Wahlen der
Behörden bald darauf ins Leben eingeführt.

Die Wellen des einmal tief aufgeregten Sturmes legten sich
nicht so bald. Obwohl mit großer Thätigkeit Hand an mannig-
faltige Verbesserungen im Haushalte des Staates und der Gemeinden gelegt wurde, gab es der Unzufriedenen dennoch immerfort. Den Einen waren es der Neuerungen zu viel, Andern zu
wenig. Wir berühren hier nur die wichtigsten Ereignisse. Als die
Regierung im Jahre 1835 die Beschlüsse der Badener-Conferenz
angenommen hatte, wodurch auch die Angelegenheiten der katholischen Kirche in den Kantonen dem Geiste der Zeit gemäß geordnet werden sollten, widersetzten sich die Bezirke an der
Reuß ihrer Annahme. Gleichzeitig verweigerten mehrere dortige
Geistliche die Beschwörung des Amtseides auf die Verfassung.
Es kam zum förmlichen Aufruhr, und hingesandte Truppen
mußten die Ordnung wieder herstellen. — Noch drohender erneute sich die Aufregung der Gemüther in den östlichen, katholischen Bezirken, als im Jahre 1840 die Revision der Staats-
verfassung zur Sprache kam. Ungemessene Begehren tauchten
auf; sogar Sonderung der kirchlichen Angelegenheiten und Verwaltung derselben durch eigene Behörden des katholischen Be-
kenntnisses ward verlangt. Der neue Verfassungsentwurf, als
er nicht entsprach, wurde verworfen. Nun bewirkten die Freisinnigen, daß die bisherige Gleichstellung der Confessionen auf-

gegeben und die Wahlen in den Großen Rath lediglich nach
der Zahl der stimmfähigen Bürger getroffen werden sollte. Der
so abgeänderte Entwurf erhielt jetzt eine Mehrheit der Stim=
men (5. Jänner 1841), aber diese Annahme ward in den Gegen=
den von Muri zum Signal zur Empörung. Wilde Gesetzlosig=
keit und Mißhandlung von Regierungsbeamten folgten. Auf=
gebotene Truppen zerstreuten nach kurzem Gefechte bei Villmergen
(den 11. Jänner 1841) auch jetzt wieder die Schaaren der Auf=
ständischen. Wenige Tage darauf (den 13. Jänner) hob der
aargauische Große Rath sämmtliche Klöster des Kantons auf,
weil großen Theils von ihnen die Anzettelung der Unruhen aus=
gegangen war.

Durch die Annahme und Einführung der revidirten Ver=
fassung kehrte zwar nun geregelte Ordnung in die Verwaltung
des Kantons zurück; allein die Aufhebung der Klöster steigerte
den Parteihader in der ganzen übrigen Schweiz. Viel und heftig
wurde an den Tagsatzungen darüber verhandelt; selbst daß Aar=
gau drei am Aufstand minder betheiligte Frauenklöster und end=
lich noch Hermetschwyl wieder einsetzte, versöhnte die Gegner
nicht. Luzern stellte sich bald an die Spitze derselben, berief die
Jesuiten und gründete den Sonderbund. Die Schweiz schien
sich für immer in zwei feindselige Hälften scheiden zu wollen.
Da endlich nach manchen Jahren des Zwiespaltes ermannte sich
die Tagsatzung und forderte die abtrünnigen Kantone zu ihrer
Bundespflicht zurück. Als sie nicht gehorchten, ward die eidge=
nössische Armee aufgerufen, dem Gebote der obersten Behörde
Vollziehung zu schaffen. Die Einnahme von Freiburg und das
Treffen bei Gislikon (den 14. und 23. Nov. 1847) entschieden
den Sonderbundskrieg und das Schicksal der Schweiz. Denn
nun ging endlich der Wunsch des größern Theils der Nation
in Erfüllung; ein neuer Bundesvertrag, der Würde und Unab=
hängigkeit der Eidgenossenschaft angemessen, ward berathen und
vom Volke freudig angenommen (12. Sept. 1848). Die alte,
einst von den verbündeten Mächten dictirte Verfassung der Schweiz
nahm damit nach dreiunddreißigjährigem Bestande ein Ende.

Mehrere Bestimmungen der neuen Bundesacte zogen nun
auch Abänderungen in dem Kantonalgrundgesetze des Aargau's

nach sich. Daß diese abermalige Revision zwar ohne Störung
der öffentlichen Ruhe vor sich ging; daß sie aber dennoch in
hohem Grade unerquicklich war, weil dabei die verschiedenartig=
sten Wünsche einander durchkreuzten und man nur schwer zur
Einigung gelangte; daß aus diesem Grunde drei Entwürfe ver=
worfen wurden und erst endlich der vierte die Billigung der
Volksmehrheit erhielt (den 22. Februar 1852) — das Alles ist
uns noch in frischem Gedächtnisse. Wir freuen uns, daß auch
in dieser Verfassung die wichtigsten Grundsätze des Jahres 1830
als unversehrte Kleinodien erhalten blieben, und hoffen, daß
unter ihr die Wohlfahrt des aargauischen Volkes stets höher
gedeihen möge!

Das ist die Geschichte der Gründung unseres Freistaates,
welcher wir noch in wenigen Zügen die Erzählung von den
Ereignissen der ersten fünfzig Jahre seines Bestehens beigefügt
haben. Obwohl fünfzig Jahre im Leben der Nationen eine gar
kurze Spanne der Zeit bilden, haben sich dennoch in denselben
Entscheidungen so außerordentlicher Art gedrängt, wie oft schon
ganze Zeiträume von Jahrhunderten solche nicht sahen; und es
rufen daraus Mahnungen an das Herz der Jetztlebenden, so
stark und dringend, daß Keiner sie überhören soll.

Seht, der, welcher den Kanton Aargau in seiner gegen=
wärtigen Gestalt durch sein Machtwort hervorrief, der Cäsar
Frankreichs, vor dem sich ein Welttheil in den Staub beugte,
ist nun selbst Staub geworden; er ruht im engen Grabgewölbe
des Invalidendomes zu Paris und sein Scepter ist längst ge=
brochen — aber der Aargau lebt fort. Mochte man seine Stif=
tung für einen Ausfluß seiner Staatsklugheit oder für eine Noth=
wendigkeit der Verhältnisse halten, so ahnt doch das fromme Ge=
müth darin das Walten einer höhern Macht, in deren Hand
der gewaltigste Sterbliche nur das Werkzeug zur Vollführung
heiliger Plane ist. Und derselbe Gott der Väter hat unser Land
seither vielfach geschirmt in Versuchungen, und hat es zur Frei=
heit gerettet aus den schrecklichsten Nöthen; Er ewig Derselbe,
voll Erbarmen gegen seine Kinder. Darum, Aargauer, laßt

uns auch nicht ablassen von seiner Anbetung; die Religion des
Christenthums sei der Felsengrund, darauf unser junger Staat
immerdar ruhe. Lassen wir uns nicht irre machen durch, dem
schweizerischen Charakter fremde, Lehren des Unglaubens und
der Sittenlosigkeit; gedenken wir vielmehr des uralten, sich
immer neu bewährenden Wortes: Gerechtigkeit erhöht ein Volk,
aber die Sünde ist der Leute Verderben!

Aus drei Ländern, einst unter Einem Herrscherhause vereint,
dann in fast vierhundertjähriger Trennung aus einander geris=
sen, bildete sich wieder neu und selbstständig unser Haushalt.
Mancher Leidenstag, wie fast nie sonst in den Geschichten unse=
rer Väter erlebt, und der Leiden versöhnende Kraft mußte kom=
men, damit wir uns wieder die Hände zur Verbrüderung darreich=
ten. Was nun Gott zusammengefügt hat, das soll kein Mensch
mehr scheiden. Sind auch noch mancherlei Unterschiede in
Sitte und Anschauung, selbst im kirchlichen Bekenntnisse, unter
uns vorhanden, wie sie die Zeit bei den verschiedenen Völker=
schaften an Rhein und Aare, an Limmat und Reuß herbeige=
führt hat, so bestehe doch unter uns fort und fort höhere Ge=
meinschaft in der Liebe! Es möge die Zukunft bringen was sie
wolle, Glück oder Unglück; in gemeinsamer Treue werden wir
das Härteste siegreich bestehen. Noch aus dem Grabe hervor
dringt die Stimme des einstigen Vermittlers, die da ruft: „Harret
aus in diesen Gesinnungen der Eintracht und des Vertrauens.
Einigkeit wird Euere Stärke bilden!“ *)

Und endlich, Aargauer, haben wir gelernt, daß nicht der
Verfassungen wechselnde Formen das innerste Glück eines Frei=
staates begründen, sondern der Geist, der ein Volk belebt, der
Geist bürgerlicher Tugend, gemeinnütziger Thätigkeit und der
Pflichttreue im Berufe. Richte Jeder das Seine redlich aus,
Jeder auf dem Posten, wohin ihn die Vorsehung gestellt hat,
der Hausvater in der Familie, der Bürger in der Gemeinde,

---

*) „Persévérez dans ces dispositions de concorde et de confiance.
Votre union fera votre force!“ Der erste Consul N. Bonaparte in
seinem im Staatsarchiv aufbewahrten Schreiben an Kleine und Große
Räthe des Kantons Aargau, d. d. Amiens den 27. Juni 1803.

der Beamte in seiner Stelle, der Lehrer unter der Jugend, der Geistliche am Altare! Es gibt noch Viel, unendlich Viel des Guten zu leisten im Lande; es sind der Gebrechen aus Vorzeit und Gegenwart noch gar manche zu heilen. Vermögen wir auch nicht Alles, wohl uns, wenn wir im Vertrauen auf Gott auch nur ein Saatkorn ausgestreut haben zum wahrhaft Bessern. Sehen wir seine Blüthe und Frucht vielleicht auch nicht mehr aufgehen; es wird blühen und reifen über unsern Gräbern. Der Einzelne nur stirbt, das Volk aber lebt fort und mit ihm unsterblich die Hoffnung.

Mögen die drei Sterne des Glaubens, der Bruderliebe und des Hoffens dem Aargau noch lange freundlich leuchten!